U0068436

时光隧道

Old Times

朱学渊　散文集

自序

我很偶然地来到这个世界，成为它的一个有感知、有思维的分子；但又必然要回归至零的终极，我想这也不会是很久远的事情了。然而，从零到零的过程，之于每个人来说都是那么的绚丽多彩，许多人把多姿的自我纪录下来，每一部个人的经历都是历史骨架上的血和肉。

二十世纪是人类互相迫害乃至残杀的一百年。出生于该世纪中期的我，幼年就开始就享受战争和逃亡，少年时代又不得不接受饥饿和歧视；因为我智力正常，直言无忌，因此一次一次地陷于困境，并且受到强权和无知的迫害，直到中年离开那个把个人权利视为「罪恶」的祖国，才在异国成为自由的个体，也成为一个同辈中为数不多的，执着地控诉专制，申诉正义的散文作家。

终生未能摆脱这些与生俱来的赋格的我，曾有过许多异于他人的险历，但之于这个残暴的，藐视人性的大时代，都是无足轻重的细微末节。本书是以「我的观察」对他人经历的借题发挥，是以自由至上精神对专制主义的鞭笞。

无论在什么国度，我或许都能成为不错的自然科学家，但在祖国因出身的「原罪」，在异国又因专业的「境迁」而失去机会。但对历史、语言、人类学的特殊兴趣，使我洞察了许多不为人知的线索和结论，而成为一个人文学者，有几篇研究短文也纳为本书的一部分。

在此我要感谢此书出版的机会。

二〇一七年十一月七日

目次

目次

回忆中国科学院研究生院

刚经过文革浩劫和左倾路线长期折磨的中国，科学技术、文化教育处于百业凋敝的可悲境地。除「两弹一星」可对抗强权，基础科学则一律乏善可陈，所能表彰的也只是：童第周的金鱼杂交，陈景润的数论猜想，或杨乐、张广厚的函数论研究等，几件试管中或纸面上的成果而已。没有出路的青年学子把攻读《基本粒子理论》当作了用武之地；大作家徐迟写了篇泣颂闭门造车精神的〈歌德巴赫猜想〉，竟误导了亿万百姓，将陈景润的算术当做是「富国强兵」的画饼。自外于世界的中国，久违了科学的潮流。经过数十年的锁国路线和弱智政策，已把中国误得「人财两空」了。

一九七八年，是中国走向转折的一年。邓小平在科学大会上，重申了「科学技术也是生产力」的基本常识；晋升为「工人阶级的一部分」的知识分子们，无数为之感激涕零。胡耀邦主持平反冤假错案，把历次政治运动的「伟大成果」一笔勾销，化解了消极对抗力量。专制恐怖的时代结束，理智的春风吹向人间，改革开放的苗头正在萌发之中。在高等学校恢复招生后不久，教育部和科学院就分别部署大规模地招收研究生。不拘一格寻找「伯乐」和「千里马」的开明风尚，取代了那个活似种姓制度的阶级路线。仇视知识、崇尚愚昧的中共，也终究悟出了：「世间最大的浪费，莫过于对人才的摧残」的不惑真理。

母校中国科学院研究生院，就在这时被催生了。也有人管它叫「中国科技大学研究生院」，其实它与迁到合肥去了的科大没有统属关系，西郊玉泉路的科大校舍，已经成了高能物理研究所的地盘。而研究生院还是借北郊林学院的「遗址」开张的；那个北京林学院也没有死，它是在「四人帮」的时代，被活逼到出林木的云南去了。一九七六年的「京津唐大地震」还叫人心有余悸；可是那说是要「几年搞一次」的「文化革命」终于魂归西天了。一九七八年秋天，在那个布满了被遗弃的地震蓬的，死寂般的林学院里，突然涌进了一帮来自全国各地的意气风发的「研究生」。

我们这届入学的八百多个同学，都是由科学院下属各研究所的科学家们自己录取的。其中有自学成才者，亦有饱学不遇者；有池鱼遭殃的干部子弟，亦有不得翻身的地富余孽；更有年少无辜落水，中年始得平反者。年龄、成分和经历的落差，非但没有助长尊卑、门户之见，反而造就了一派平等、清新气息。而导师中又以理论物理学家何祚庥教授最开明，他兼收并蓄、普度众生，招了好多个非常有才干学生，分别挂在高能物理所、理论物理所和自然科学史所的名下。那时，不少省市地方，还思想禁锢、不识时务。陕西省公安厅曾来人追查「有重大政治问题」的刘平宇同学（何祚庥先生的学生），气势十分蛮横，校方孙景才先生严词以对，叫他们坐了冷板凳；后来平宇同学赴美时，《科学报》还发表了一篇〈刘平宇出国了〉的专文，抨击陕西省的恶劣做法。

院长是由科学院副院长严济慈先生领衔；实际管事的副院长彭平先生，是「一二九」运动时清华学生领袖之一，他与钱伟长等十名志士骑自行车去南京请愿抗日，曾震动全国；解放后他做北京市共青团委的工作，文革以前就因为路线问题倒了楣；教务长吴塘先生也是个儒士干部，一个面目堂皇、和颜悦色的正人君子。胡耀邦在文革后期曾经一度主持过科学院的工作，很得民心；科学院里也有一种的「团派」的开明空气。因此，我们这个中国科学院研究生院的生动活泼，就与教育官僚蒋南翔治下的清华、北大的循规蹈矩，适成反照。

那时间，科学院里的一切都是科学家说了算的。着名的「三元流理论」的奠基者，已故吴仲华教授在文革中曾挨过耳光，这回轮到几十年来第一次加工资（一人几块钱而已），他手握大权，执意要当年的打人者向他道歉；结果，「工人阶级」不得不向他赔罪了事，「资产阶级知识分子」也算为自己讨还公道。科学家们说话也很幽默机智，记得有一次钱伟长、谈镐生二先生，陪林家翘先生来座谈，林先生不大明白中国的事情，问他们二位：为什么「数学研究所」里又分出了个「系统工程研究所」？钱伟长先生不假思索地答道：「解决人事矛盾嘛。」一语中肯，惹得哄堂大笑；而林家翘先生好像仍然摸不着头脑，他大概还没有弄清楚「矛盾」一字的意思。

林学院主楼的一、二两层做教室，三、四、五层做宿舍，房子不够用，还有一些就住在临时搭建的木板房里。各个研究所的几百个同学聚在一起，一日三餐都在一个不大的食堂里，围成一圈一圈的咬咸菜，喝玉米粥；有的切磋学问，有的针砭时弊（那时共产党还无贪渎之风）。林学院里学术气氛十分高涨，而政治气氛则更为开放。辽宁张志新女士被残杀的事件揭发出来后，同学们个个义愤填膺。北大郭罗基先生在《光明日报》上发表了一篇题为〈谁之罪？〉的轰动文章，在阅览室里的那张报纸上，批满了骂毛泽东的文字，院方也睁眼不管，让它挂了许多个日子。中国茫茫大地上，言论自由之风，林学院里早吹了十年。

那时，科学院里招聘了一批外籍英文教师，他们大多来自美国和澳大利亚，有洋人也有华裔，都住在友谊宾馆里，五百元人民币上下一个月。这些教习中，不少很有个性，对中国的社会主义很好奇。其中有个叫白克文的美籍华裔青年，刚从哈佛大学毕业，一句中国话不会说，又喜欢穿中山装，有时连友谊商店都混不进去，管门的说他的英文是「假冒的」；然而，他没事就往农村钻，有一次在颐和园那边与农民一起打鱼，被地方政府送了回来，弄得外事和保卫部门都紧张兮兮的。有同学问他美国是否很自由，他说：「美国也有挨饿的自由」。社会理念溢言于表。

在同学们的心目中，首席英文教习是Mary Van de Water小姐，她稍年长，三十五、六岁；学问和人心都很好，但脾气却很坏，容易与人冲撞，曾经当众与那个脾气也很毛躁的白克文争执；Mary说话很有见地，有愤世忌俗之意气；明明是个美国人，却偏偏要说一口英国音；她后来做出了一番惊人之举。来自澳大利亚的Lyndall女士，那时还是一个真纯、羞涩和乐于助人的小姑娘，她与陆文禾同学堕入情网，两人后来在佛罗里达共结连理。

同学们学习英语的兴趣特别旺盛，年轻的同学进步更快，口语琅琅上口。那时似乎已没有了「里通外国」的担心，不少同学与教习们打得火热，有人还常去他们的公寓洗热水澡；而他们也不嫌弃我们的苦日子，天天挤在食堂里和大家一起啃窝头，在谈笑风生中，留心者还都拣到了一口好英文，他们也了解了中国的真情。

郭永怀夫人李佩女士，任研究生院外语教研组负责人。她是四十年代的进步青年，受业于康乃尔大学时，结识卓有成就的航空空气动力学家郭永怀先生。五十年代初期，两人胸怀激情和理念，回归报效；郭永怀与王淦昌、彭桓武三先生，乃中国「两弹一星」之父。一九六八年，郭永怀先生因飞机失事而不幸殉职，是国内尽人皆知的一件大事。李先生承庭家训、学兼中西，是科学院里很难得的一个美国通。她日日奔波于中关村和林学院间；应接国外知名学者，安抚外籍英文教师，有尊严而无傲气；对同学们亦从无疾言厉色，那清癯的身影中有着一颗慈母般的心，是院里最有威望和人缘的人物之一。

来校开课的，都是当时国内的顶尖学者，如彭桓武先生讲理论物理，谈镐生先生开流体力学，黄昆先生授固体物

Lyndall和Mary Van de Water

理，邹承鲁先生上分子生物学。彭桓武先生是一身老农打扮，谈镐生先生会与学生递烟喷雾，都很和气。他们课上也只是点几个问题说说，行云流水，很是精彩动人。听彭先生课的同学很多，他上台时穿着厚厚的北方老棉袄，讲到后来便满身大汗了；记得他说过，中国的学术着作最大的问题是没有索引，用起来很不方便。黄昆先生那时才五十多岁，还很健硕。一天正讲「能带论」，讲台太窄小，不小心从一头失足跌下来，他正

科学院研究生院讲坛上的李政道先生

正色说：「Umklapp，我要是颗电子，就已经到了那头去了」。当然，不懂固体电子论，是听不懂这句笑话的。还记得，那时候吴方城同学的斗争性就很强，带头给邹承鲁先生贴了一张大字报，好像是因为考题太难；邹先生也当仁不让，用非常优美的书法回敬学生一张，劝大家多多留心功课。

国外知名学者来校讲课的，也是川流不息。李政道先生假科学会堂讲「统计力学」和「量子色动力学」时，全国各校都有慕名要来听课的，因此不得不发票入座。那时他进出都是坐的「大红旗」轿车，礼遇很高。我们这些人别说「红旗」，就是「伏尔加」也没坐过；后来从美国回国，才尝到了「伏尔加」颠颇起来的味道，不知道李先生当年坐「红旗」的感觉如何了。他每星期要请几位同学与他一起吃午饭，这本该是个「工作午餐」而已，可是国内那时还不懂这一套，一桌子正餐大菜，叫大家都不敢下筷子。在饭席上李先生很热情地说话，李夫人则常

常在一旁提醒他：「政道，你太累了」。还记得李先生说过，下一个世纪中国人应该对世界有更大的贡献，前辈们对我们都充满了殷切的期望。

据说，最初外派方式是由一些老一代的学者定下来的，他们自己是在二、三十年代出国留学，因此对二战后期到冷战时期的西方科技进步，特别是美国大学向研究生的提供大量资助的情况，了解不足。自掏腰包派出「访问学者」（Visiting Scholar）的办法，就是周培源等先生与美国科学院约定成章的；当然，那时西方世界对竹幕后中国的人才水准也不了解。一九七八年政府首次外派五十人，七九年增至五百人；前五十人的内情无人知晓，但后五百人尽皆精锐。美国学府刮目相看，中国政府也发觉自己当了「冤大头」。

也可能是因为中国政府手头拮据，只想用不多的外汇，象当初清政府派出象詹天佑、唐绍仪等一批幼童学子，博采各国之长，回国指导改革。科学院也从我们中间选拔了一百多名较年轻的同学，在玉泉路办了一个「出国班」。因此中国科学院研究生院第一届同学，也就有了两个门户：林学院的和玉泉路的。两拨子人虽然联系不多，但还是心心相通的，大家都希望有出国的机会。玉泉路的同学在耐心等待「组织安排」，那时政府大概正在美国、欧洲、日本为他们花钱买路子；而林学院里，除了少数有海外关系，和李政道先生挑上的几个同学外（这就是CUSPEA交换计画之始），则都苦于无门。

一九七九年中美正式建交，十月，Mary Van de Water小姐，竟大胆向几个同学传授了申请美国大学研究生入学的门道，结果一试果灵。不出数月，近百名同学从各个美国大学获得了助学金；其中，何晓民同学于二十一天内，就办妥入匹兹堡大学的一切手续，速度之快，令人咋舌。于是一个「自谋出路」的群众运动一轰而起；又不出一年，数百名同学飘洋过海。校方竟一律不加阻拦，美国大使馆更绿灯大开，从未听说哪个同学签证被拒绝了的；倒是科学院外事局多事，还要找点麻烦，审查各人的「门路」，后来也知道是大势所趋，不可阻挡，于是也就网开一面了。

待到八二年，北大、清华诸校同学亦循此道时，林学院里已经人去室空。此风传到上海，已是几年以后，我们有些同学已经在做博士后了。这几百个自谋出路的同学，不仅在人数上相当于政府一年派出之总和，出国后在学业上也大展风采，资格考试轻车熟路，都有傲人的基本功夫，美国各校倍生好感，从此对中国学生大门洞开。很可惜的是，我们这些一文不名的「自费」先行者，大多未能入得已与中国政府挂鈎的一流名校，这对未来进入门户之见很深的美国学界，遗有若干不良之后果。

中国科学院研究生院所开启的留学潮，就此在全中国磅礴兴起。二十年多来，数十万华夏学子走向世界，无数学成者留居各国，无惧优胜劣败，立足科技，创业从商。如今世事逆转，当年的「外流人才」，一举领来了国际资本、现代技术和民主思想，邓小平先生的「走出去，引进来」的理想，却以一个未料的方式实现着。

事隔二十年后，一群在北京聚合的研究生院的同学，从各地赶到美国首都，追寻他们幸运的回忆，渡过了感觉极为良好的一天一夜。在他们学有所成的身影和岁月造就的霜鬓中，还依稀可辨当年百废待举的林学院中的风发意气。

良师益友Mary van de Water小姐也专程从英国赶来，与我们共度良宵，她的瘦削身影和鲜明性格，和那口愈见深重的英国口音，依然传送着具有强烈责任感的奔放热情；她说我们这群中国人，是她毕生真正的和永恒的朋友。有个同学的回忆，一九八〇年夏天，他在广州火车站送Mary去深圳，她随身携带的竟只是一个装满了求学申请的小箱子。这一夜她留宿在唐一华同学家中，无意中说到，老唐家的客厅比她在英国的居所至少要大三倍。我们这些原来连邮票都买不起的穷光蛋，如今的美国专业人士们，真不能忘却一个国际社会工作者，曾经伸给过我们的援手。

大家认为科学院研究生院所开启的留学潮，是中国思想解放历史上的一件不可磨灭大事，特别是Mary Van de Water小姐的贡献，是值得为之树碑立传的；没有她的努力，这个潮流的到来，可能要推迟数年之久。在热烈的气氛中，这次聚会的组织者陈祥昆、毛进同、杨晓青、唐一华代表全体与会同学，向Lyndall和Mary女士赠送了纪念状和礼品。

然而，Mary Van de Water小姐却揭出了一个秘密：当时，她注意到了中国政府在派遣留学生方面的包办无效倾向，因此她向李佩女士提出，可否向同学们介绍美国大学招收研究生的办法，并且鼓励大家自行办理申请手续，争取美国大学研究院的奖学金；但她又担心这些同学，可能会受到校方的不当处分。深谙国情的李佩先生，亦知其法之可行，及其罪之难当。于是由李先生出面向彭平先生建议。几天后，思想开明的彭平先生竟同意了李佩先生和Mary小姐的建议。Mary 回忆，那天彭平先生背操着双手，踱着方步，若有所思地对她们说：「我已经老了，也没有什么可以怕的了，你们就这么办吧」。于是，在院方领导的默许下，破败的林学院里涌起了不可阻挡留学潮。与会同学都为这个故事深深地感动了。

经过三十年的历次政治运动，国内各大专院校位实权、居要津者，多系外行领导或又红又专者。尸位素餐犹可原，而红专双全者最为可恶，他们中仅个别人学有所长，大部分人则是搞业务的废料；平日只会见风使舵说假话，运动中更能狠心整人当先锋；文革中，他们中亦有不少被冲击，这也就成了文革后重新上台的「本钱」。他们有的只是膜拜威权的奴性，唯独没有一点悲天悯人的良心；对于这种毫无廉耻的人来说，充当国民党的特务，日本人的汉奸，或共产党的积极分子，都是随遇而安的事情，只不过无法一身三兼而已。彭平先生则不然：一个抗日救国的热血青年，国民党牢狱中的囚徒，屡经路线斗争的共产党人，竟心无余悸，睿智犹存；居权位而褒掖后进，利国利民不顾得失；开风气之先，则毅然决然。正如孟子所曰：「大人者，未失赤子之心者也。」

无论是破坏传统或重建文明的真实历史，都不可能完全是由个别伟人作就的。振兴中华的事业就凝聚了无数有良知的人，如中国科学院研究生院彭平、李佩、Mary 等人的见识和心血，以及它的全体学生勇气和实践。科学院研究生院所启动的这个「自费留学潮」的重大意义还在于：一个企图包办一切的大政府，终于发见了自己的低效和无能；而无权无势的千万小人物，却从中找到了自我和自信。近百年来的中国，仅少数精英、领袖高举民族主义大旗，而十

右：晚年李佩教授
左：郭永怀、李佩四十年代于康乃尔校园

亿人众却不许有自强精神。意气高昂的追赶科学院研究生院的八百弟子，竟破国门而出，创一代新风，在改革开放中推波助澜，于自立于世界民族之林的中华民族大业，有不没之功。

我们的祖国已经从一场噩梦中苏醒；然而，是否愿意珍惜和表达对苦难和善恶的记忆，无疑是检验这个民族真将成为一头醒狮，或重新沉沦于醉生梦死的一方试剂。我们留恋中国科学院研究生院贫贱而奋发的生活，缅怀那些曾经启迪过我们的一代无异于民族英雄的学术大师，更感激那些作了无数善举而不事声张的光荣的先辈们。

二〇〇〇年三、四月

南疆纪行

新疆本和我没有缘分，它是充军的地方。一九六八年在上海搭过一班送知青的列车，机车的汽笛一响，数千家长发出号哭的爆鸣，还见一个母亲晕厥在月台上，这景象永远留在我视听的记忆中。新疆意味着生离死别的遥远；可是绝情的政府，却将一列车一列车的稚男稚女送到那方去了。一九七一年在农村里劳改，一天听村姑们说，新疆接女娃子的车，昨夜停在成渝公路上，还说二大队的一个狠心女子，撇下了丈夫和孩子也去了；我也萌生过逃亡的想法，可是新疆有太多的男子缺妻，它只要女人。新疆也有我的亲人，七七年家里来了从未谋面的堂姐一家，自从伯父在战乱中「被我军镇压」后，她跑去了新疆，嫁给了奎屯农机厂的厂长，总算混出了个体面。只记得姐夫对我说，那里「不缺粮食，有白面」。

关于新疆，脑海里除了无际的沙漠，便是「遥远」、「缺女人」、「有白面」这样一些莫名其妙的概念，这些年又听说那里在闹独立，很可怕。然而，最近我又做了些「西域历史地名」的研究，从此就自作多情地思念她，而且还眷恋得那么动情。今年夏天决心到那里去走一遭。直到行前，人们还在告戒我，那里很危险；北京的姐姐则说，那是「敏感地区」，「言论放肆者」不去为妙。可是非去不可，我要见见那里的山水和人文。

西出了阳关，又是故地和故人

我们一家人先飞上海，然后就奔乌鲁木齐。现代旅行是点点间的飞，辞别了高楼，便是浮云；当然没见到河西道上的左公柳。黄昏时下飞机，就由西域旅行社的小马接着，迳直去了富丽堂皇的海德饭店。那头戴红盔搬行李的小伙子眼睛长得很俊，问他是不是维族？他却说是江苏泰兴人，祖父支边来的。进得二十七层上的房间，朝外望去，竟又是高楼四立、万家灯火。这真叫我困惑：莫非西出了阳关，又是故地和故人？

清晨早早醒来，下楼喝咖啡，就和那位领班的姑娘聊上了，她说今年生意不好，日本和美国的团队不多，倒是内地和台港的客人不少。问是那方人？她说是「新疆人」；五十多年前祖籍山西当兵的祖父就跟王震来了。自后又听无数人说祖上是「跟王震来的」，对新疆汉人来说，浏阳王震好似他们祖宗。我问她想不想回内地，清秀和气的她回答说：「没想过，这里挺好的，口里（指内地）人心太坏，我们不习惯。」

包租的丰田越野车八点准时来到，行程是吐鲁番、库尔勒、库车，然后横穿沙漠，至民丰、和田，终点是喀什。南疆太大，走马观花也要费九天时间。导遊小马、司机小朱和我们一家三人，一路谈笑风生，度过了愉快的时光。小马是鄯善人，祖上是陕西回族；问他做不做「功课」，他说「心里有那么回事就行了，只是闻了大肉就想呕吐」。他是乡里唯一上大学的，打从新疆师大英语系毕业，就给Marlboro做代理，赚了钱，又受了骗，于是才来当导遊；

我们就叫他「贼回回」。小朱寡言，爷爷父亲都是「跟王震当兵」的河南人。小时父亲见他不成器，告诉他人分两种，「坐轿子」的和「抬轿子」的。他回嘴说：「世上那么多人，总要有人抬轿子。」父亲气急，抓了一张板凳朝他砸过去。初中毕业后，闲散在社会上打群架，父亲只得送他去当兵，才学得了开车本事，成了个好人。

王洛宾在达阪城很凄凉

从乌鲁木齐奔吐鲁番，要经过着名的达阪城。高速公路的「达阪城出口」，正是戈壁滩中的一个大风口，盛夏扫兴的风竟把我们吹得直抖擞；没见着一个「达阪城的姑娘」，却在简陋的礼品点里遇上了一群掌柜的湖南妹，店里摆了好多好多关于作曲家王洛宾的书籍和他创作的歌曲磁带，店门外还立着一尊他的头像，很凄凉地被北风吹着。王老师生来命苦，活着想革命，却要被劳改；死了图安分，偏要迎风站。伴着他的是一辆水泥粗制的马拉大车，赶车的老汉和姑娘都像是逃荒的，却在那里引颈高歌。

很早就赶到吐鲁番，没进城，先去了高昌古城，那是由汉代戍边将士始建的，后来在成吉思汗的不肖子孙们的内战中毁了，剩下的是见不到头的土夯的残垣。回头路上经过火焰山，那是一溜赤红赤红的大土山，就像尊烧红了的巨碳，吸足了阳光中的卡路里，然后向周边发散。它热得名声大，山却并不美。那天，老百姓都说很凉快，却把我们热昏了头，拍了照就逃之夭夭。

葡萄沟上反分裂课

中午时分就到了着名的「葡萄沟旅遊点」，那是个乡办企业，老板就是乡长。一位古丽（维语「花儿」，维族姑娘的名字都带着它）接待我们，她才从乌鲁木齐旅遊学校毕业，还说得几句英文；因为儿子的中文有问题，我们还是让她说汉话。于是古丽背诵了一串反对民族分裂的课文，我们倒也受益非浅。维吾尔同胞个个无忧无虑、天性快乐，跟着古丽如舞般的轻盈步履，见识了种种明珠般的葡萄，简直愉快极了。

招待我们用饭的，是城里的两个汉族姑娘，初中才毕业，没事来赚钱。新疆的女孩说话都很文气，还带点久违了的女性的羞涩；这令我想起在文革中愁死了的

葡萄沟的维族古丽

母亲，她说话也是这般的温柔。其中一个姑娘说是山东青州人，文革时一家抽一丁支边，排行老大的父亲义不容辞地来了。现在家里有辆卡车，靠拉煤炭过日子；她去过山东，说那里的日子不如新疆，最近几个叔叔也到这里来谋生了。问她葡萄沟有那么多的维族姑娘，为什么要雇她们？她说维族会汉话的很少，而汉族遊客又很多。

在新疆，维族只要会汉话，机会便大大增加，因此干部和知识阶层的子女都进汉校。记得飞机上那位美丽的「飞行古丽」，父亲是自治区交通厅党委的官员，问她爸爸的汉话说得好不好，她莞尔答曰「做党的工作，当然很会讲话罗」，幽默地表达了对世事的明白。关于政府想推行汉语教育，也真是个两难的问题，碍于反同化的国际舆论，就不能强制施加，在维校中只能设置有限的汉语课。于是，维族同胞中也就出了「抬轿」和「坐轿」的两种人。

吐鲁番的夜市

夜宿「吐鲁番宾馆」。新疆天黑得很晚，于是一行五人就去逛街，原以为这是个土地方，走上一遭才识得它地级市的峥嵘面目；城中马路宽畅、汽车如梭，城中心还有座电视和通讯两用高塔。夜市就在电讯大楼前面的广场上；它泾渭分明，一半汉餐，一半回饭。我们在回饭那拨上就座，叫了一份「大盘鸡」，再来上几碗「羊杂碎」，三十元钱（不到四美圆）就把五个人喂得人仰马翻。

出了夜市，在街边遇见个买西瓜的维族汉子，他头戴一顶镶着红色Marlboro丝带的牛仔草帽，一股子胡子拉咋的男子气，儿子用数码相机给他拍了照，他看了立等可见的相，高兴得不得了，又拖着我合影。他用汉话对我说：「把照片寄来给我，到我家来，我宰羊招待你。」他留下的地址和姓名是「新疆喀什地区，叶城县，江格拉斯乡，六大队一小队，吐地・托合提」。

天山路上忆往昔

从吐鲁番去南疆，要经过托克逊，再翻越天山。当年左宗棠的悍将刘锦棠带领着老湘军和董福祥的回军，从这条路杀进南疆，次第克服焉耆、库尔勒、库车、阿克苏，然后一路打到阿古柏匪帮的巢穴喀什噶尔，新疆遂告光复。那个董福祥后来很有名，他本是个回回造反头，被左宗棠招安去征西。戊戌至庚子拱卫京师，拳乱时杀日本领事杉山彬，护驾慈禧光绪到西安，辛丑合约点名的首恶，都是他；民国时期西北军阀的祖宗，也是他。

我们一早辞别了吐鲁番，又回到了风区，这才想起吐鲁番是低于海平面的地方，出了「海面」，自然就有了风浪。大概因为有了南疆铁路，库尔勒又有了通北京的飞机场，这条号称三一四国道的「刘锦棠路」就没人赏脸了，面子很不好看。车朝南开，远远就望见白云下的横亘着的天山，山前有一线树林，小马说那就是托克逊绿洲，我思忖它只是条「绿线」。走近一看，果真有大片纵深的庄稼田。托克逊是个农业县，进得城中，却也是柏油路、电视台，四五层的楼房也不少见；但与吐鲁番比，毕竟小得不可攀。不由得遐想，劳改时如能逃到这地方，通缉令也未必能追得过来；然后埋名教书，娶妻生子，天山脚下倒也挺清净凉快。车一颤，惊了梦，身边坐着跟我苦了三十年的妻子，和在哈佛学医的儿子，不禁羞涩；过了六十的人，竟想哪儿去了？

孔雀河养育过美女如云的「楼兰国」

入得山中，是层层嶙峋的赭色石林，此生从未到过这般美境，可惜它不上照，只能劝君自己去走一遭。出山是巴音郭楞蒙古自治州，亦即古「焉耆国」地方。天山上流下的条条雪水，在那里敛成博斯腾湖，蒙古语的「巴音郭楞」意思是「富饶的河流」。玄奘说：「出高昌故地，自近者始，曰阿耆尼国。……泉流交带，引水为田。」正是这番景象。「阿耆尼」就是「焉耆」（亦作「乌耆」）。入湖的干流俗名叫开都河，满盈的出湖水雅称孔雀河，它本要一路慷慨地流到罗布泊，养育美女如云的「楼兰国」，可惜它断流了近百年，罗布泊周遭成了干枯的「无人国」。

中午时分，到左宗棠奏折上提到过的乌什塔拉地方，在路边一排饭铺门口就座，享受了一顿博斯腾湖出的鲜鱼。当地各族民众均着汉服，不少人兼通蒙、汉、维三语；旁桌是一位着西装、有气派的蒙古汉子，人人都向他打招呼，恭敬地站着与他说蒙古话。问得他是本地方的乡长，就请教他蒙古族常见的人名，他用蒙文信手写了二十几个，再教一位不识蒙古字的蒙族女服务员转写成汉字。他还告诉我蒙、藏两族人名有时相通，藏名「才增」，就是蒙古人的「车臣」。

博斯腾湖边有「兵团」扎寨

出了乌什塔拉，离和硕县城不远的地方，洪水把铺在卵石滩上的路基冲断了，十几米宽的缺口汹涌着山水，拦住了成百的大小车辆，看来三天两头没有修复的望头；青天白日下的我们，顿时愁云满面。于是大家分头下水，摸石探路，沉着的小朱见一辆大轮的拖拉机冲了过来，他心中有了底，就叫我们统统上车；只见他驱动了四轮，几脚油门就爬上了对岸，于是告别了这些「太富饶的河流」，匆匆地朝博斯腾湖奔去，再去与它们会合。

博斯腾湖，号称中国最大的内陆淡水湖，我们登汽艇沿孔雀河逆行，到了它西南角上的出口「零公里」处，只见湖水清澈见底，周围是无际的芦苇荡，据说每年要产芦苇几万吨。驾艇的小伙子说，冬季湖面结冰可行汽车，雇四川来的民工在冰上采割，装车运走去造纸。远眺南山下有几座高耸的烟囱，我问「那是什么地方？」答曰：「二十八团副业连。」这才明白农垦兵团星罗棋布之态势，也顿然悟出「疆独」绝无成功之可能。

铁门关前怀古的几百步

车往库尔勒走，我却朝梦中行。铁门关前才被叫醒，在关门口买观光票，说时间已到，只准看五分钟。那是孔雀河流经的一个峡谷，湍流边只有几尺宽的一条行商僧侣和十万大军必过的小径，整修一新的关门，还有古建筑的味道，石壁上的「铁门关」三个大字，却是上世纪三十年代的一个团长的手笔，想必是个盛世才的部下，关东的才子。儿子觉得索然无味，我却珍惜分秒，在张骞、班超、玄奘的足迹上，印上怀古的几百步。

从铁门返归正道，就进了库尔勒城，它本即古「渠犁国」，元代称作「坤闾城」。旅行指南说「库尔勒」是维语「眺望」的意思，还说孙悟空偷吃的蟠桃，就是当地盛产的香梨，读了不禁失笑。新疆地名其实多是北方民族的族名，如渠犁即「敕勒」；库车即「高车」；焉耆是北狄西戎族名「兀者／月氏」之别译。

许多考古出土证明，南疆地区的上古先民属西方人种，他们在塔里木盆地周边的绿洲上经商务农。约从三千多年前开始，蒙古人种游牧部落就不断地入侵，而且长期统治了这片地区；焉耆和渠犁正首当其冲。话说「维吾尔」就是九世纪从蒙古高原迁出的「回鹘」之名。因此维吾尔族民众之面目，有的像西方人，有的像东方人。在喀什旧城我们到一户维族人家做客，见姐姐有洋气，妹妹有土气，母亲就像个蒙古人，这都是各种融合了的祖先血缘，在后代身上「露真容」。

石油系统成了「国中国」

自从塔里木盆地里发现了大油田，库尔勒就成了大都会，据说人口已过四十万。进得城中，那车水马龙、灯红酒绿的景象，真要羡煞吐鲁番。我们下榻的石油宾馆，水准不差伦敦、巴黎的星级饭店，却又见不着一个维族员工。天将黑，进夜市，这里的回汉不分家，汉族卖麻辣鸡，维族售烤羊肉，我们吃了羊肉，又吃螺丝，他们一并算帐，互相帮助，这两族贫苦民众的水乳交融，真是「无产者联合起来」的景象。那些汉族小贩都数来自四川南充、达县地区，那里革命年代出红军，改革今日生流民。

库尔勒是巴音郭楞州首府，州长是蒙古族，百姓还是维族多，如今大庆、辽河、川中诸大油田，都到这方来搞西气东送，盖饭店、造医院、兴教育，俨然成了「国中国」，地方政府只能甘当小配角。后来在乌鲁木齐街头，与几个纳凉的维汉干部聊天，方才知道现在就业难，各系统都用「子弟兵」，莫说维族进不了石油系统，兵团里的汉族也只能世代挖泥巴；而石油系统每年只缴百分之四的钱给自治区政府。

不知这「百分之四」，究竟是产值还是利润？看那石油系统包办一切的派头，真怀疑它还有几块铜板是剩头。若只许它管生产，而要把百分之二十的产值缴地方，各族民众对西部开发就不会是被掠夺的愤怒，而是参与的劲头，而前者也正是可能动乱的一个源头。后来在喀什参观火车站，惊喜地见到有个维族中年女子在发号令，原以为她是本乡人氏，问了才知她是在哈密入的「铁路国」。说来这些世袭或斥异问题的解决，还得学习美国：立法勒令所有企业必须雇佣一定比例的当地少数民族。

疆独头头受过高等教育

离开了现代化的「渠犁国」，取道轮台，去今名库车的「龟兹国」。它在玄奘《大唐西域记》记作「屈支国」，说那里有「伽蓝百余所，僧徒五千余人」。他受到盛情款待，却又说屈支王「智谋寡昧，迫于强臣」。其实那是他不受小乘戒律允许僧人食用「三净肉」，而引起的误会。南疆原是个信佛的地方，去库车就是为参观克孜尔千佛洞。吐鲁番—焉耆—库车一带，古代也称「吐火罗」地方。二十世纪初，那里出土了不少于七、八世纪用一种怪异语文写成的佛经。经验证，这种「吐火罗语」竟与欧洲语言有亲缘关系。对人类学极有兴趣的我，当然想见见「库车人」的尊容。

轮台到库车的公路，有很长一段被开膛破肚，说是个拓宽工程。这种事情本该一段一段、半边半边地干，但共产党凡事都要「全面铺开」；于是我们就得在尘土飞扬的便道上颠簸几十公里。为官的蠢人们或许没想过，万一天下有事，他误了军机，又何罪之有？在库车城外，入得一个大村庄，小朱说当地疆独与公安发生过枪战，县公安局长就牺牲在这里。问疆独是些什么人物？小马说，头头都在北京和乌鲁木齐受过高等教育。当然，有了知识就会产生

「理念」；多数人成了「清官」或「污吏」，少数则成了政府的死敌。难怪有人说「知识愈多愈反动」。

龟兹国百姓真纯可爱

那天正逢库车城中赶「巴扎」（集市），满街跑着驴车，车上坐着身穿红色衣裙的妇女和古丽。我们在去「乌恰乡」路口找饭吃，烤羊肉的「乌烟瘴气」，把我们引到长长的塑料布遮顶的摊挡里。和气生财的掌柜，先端上了淡如水的茶，里面点了几小块冰糖提味。新疆各地物价低廉统一，直径一尺的馕，一元钱一个；串着六、七块寸方大的烤羊肉，两元钱一串。那咬上去吱吱发声的肥油，至今想起还叫我口水长流。

乌恰乡路口的大排档

儿子又用数码机照相，旁座妇女惊呼「亚克西」，这又招来了一群民众看稀奇，于是再照一张集体相，人人都在里面找自我；这次那妇女却没找到她自己，很失望地说：「没有我，可惜，可惜。」然后悻悻地离去。小马听懂了她的话，很动情，直说维族百姓真纯可爱。我心中也祈祷，愿他们丰衣足食的日子长久。行笔至此，想起美国政府最近也认可「疆独」是恐怖组织，但愿共产党再不要搞扩大化，百姓们与他们没干系。

克孜尔千佛洞美誉「第二敦煌」

在龟兹宾馆报了到，就去拜城县境内克孜尔千佛洞。车沿一条铺设得很好的曲曲弯弯的柏油路，攀越红色的雀尔达格山；山前是无际的孔穴横生的奇丘怪石，近一看，都是非沙非岩、不松不软的地层；它们原本是隐埋在海底的沉殿，跟着天山山脉的上升，也浮出了陆面；于是就被世俗的干风摧残了几十万年，才形成了这学名「雅丹地貌」的风蚀景观。

克孜尔千佛洞的层层佛窟，凿于木扎提河北岸的悬崖上，它们大部建于四至八世纪，中西学者认定它就是古籍上的龟兹「耶婆瑟鸡寺」。三十年代初，德国人勒柯克从这里掠走了大量的壁画和塑像；可是尽皆毁于柏林兵火。中国政府于一九七二年方以少量的资金予以开发。青年学者姚士宏身体力行，带领着维汉员工，清除了千年积土，今已登录了二百三十六个洞窟，壁画尚有一万余平米劫后余生。后有宿白教授率学生亲临指导研究，而今克孜尔千佛洞声名鹊起，已有「第二敦煌」之美誉。

在那些飞天壁画和佛传故事中，记忆最深的画面和故事，是释迦牟尼前世为猕猴王时，舍生救群猴。猴群面临深涧，而猎人将至；猕猴王用手脚攀住两岸的树干，以身体超渡了众生。一个西北大学历史系毕业的女生做讲解，她与丈夫一同在这里做研究，娇柔的身躯上斜背着一支手电筒，用清脆的声音讲述着古人修行的淡泊故事，专业地回答了一切乃至刁难的问题。在谈到佛容的特征时，她竟敢拿毛泽东的女相来比照一通。

一个民族的同胞，见见也没有关系

回到龟兹宾馆，结识了艾哈买提江·卡斯木先生。见过世面的他五十出头，长

克孜尔千佛洞

得一米八十的高佻身材，和一副酷似德国人的相貌。他在经理位上提前退休，拿七百八十一元的月金，还在厅里设了个柜台，卖点纪念品赚钱。他十三岁进乌鲁木齐艺术专科学校学舞蹈，是文化革命把他的学业糟蹋了。妻子也从法院退休在家，拿钱比他还要多。新盖的家在一条巷子里，日子很过得去，但心里烦着子女就业的问题。一个儿子花了许多钱读乌鲁木齐的政法学校，毕了业竟无事可做，只得在城里开了一家卖磁带的小店。

问他去不去清真寺？他说古尔邦节是大日子，县长去他也去；总之身为共产党员去多了「影响」不好，还是那七百八十一元最重要。问他想不想去麦加朝圣？他说此生总要去一次，问题不是中国政府设限制，而是沙乌地阿拉伯有配额。当务之急是要让岳父先去，老人家在地方上有威望，他自己又在阿克苏地区有关系，今年拿到配额是「盖了帽」（铁定了）的，当女婿的还得去北京为岳父办签证；他叹息说：「我们出门吃饭不方便，要背上一大口袋的馕。」

库车县长是维族，县委书记和公安局长是汉族，这些或许都是免谈的人事话题。我只问他计画生育搞得怎么样？他说汉族一家只许生一个，城里维族一家两个，农村三个。我问农村里还管得住？他说现在实行分田到户，超生就没收土地，就没有人再敢造次了。乌鲁木齐的事情他也很清楚，说新疆歌舞团到台湾演出，有人与吾尔开希见了面，回来要做检讨，但又有个大官说：「一个民族的同胞，见见也没有关系。」于是皆大欢喜。

在艾哈买提江家里吃了手抓饭，出门已是午夜时分，他后悔没找文工团的演员来给我们唱歌跳舞；我倒建议他可以做做招待游客的家庭生意，他说也想过这份事，但库车城里没有先

墩阔乡的维族汉子

例；只要有人开头，他就会跟进。临别时，他告诉我们明天该走的路线：出库车南门，到「东胡乡」，那里有一条直通沙漠公路的石油专用线。

第二天启程，很快就到了一个「墩阔乡」，村口还停着几辆计程车，维语「阔」「胡」不分，我将「墩阔」听成了「东胡」。村里有个小铺子卖馕和矿泉水，老人们闲坐着喝茶聊天，几个年轻人在宰羊，那个剥羊皮的小子，长得就像一个憨憨的欧洲人。村民们都很和气，问我们从那邦来，小马代答是「美国的汉族」。出村不远，就是那条柏油铺的石油专用线，只见两侧土地湿润，但又不生庄稼，原来是大片的盐碱地。石油系统过了河没拆桥，却听任盐硷和水气，把它拱成了一条「搓板路」，越野车抑扬顿挫了两个小时，终于到了一个有武警把守的大路口，左方指着「轮台」，右手指着「沙漠公路」。

三千年的胡杨木，何人堪比？

我们朝右转进，车行不远就到了久仰的塔里木河，它的源头是北山上泄出的阿克苏，即是积雪融化成的「清白的水」；沿着塔克拉玛干大沙漠的北缘，一路汇合了无数滋润了块块绿洲的涓涓细流。我们步行走过塔里木河大桥；从桥上望去，这条母亲河有三百米宽的胸脯，我原以为她已经老弱干枯，今年她的乳汁却来势汹涌。然而，她只是一味盲目地流去，最后默默地消失在沙漠的东方尽头。

南行几公里，就到了沙漠公路的拱门口。当家人舍得花钱立牌坊，却舍不得放个活动厕所。话说回来，这地方活人都要变「干尸」，莫非屎尿就能叫「沙漠变良田」？纪念碑前，有个南阳诸葛在卖西瓜，还有个和田维族在卖古董。我戏言河南人的瓜是假瓜，他说：「我有造假的本事，就不到这鬼地方来了。」那套要价八百的「和田古董」，是一个竹节状的笔筒，一个酒杯和一个小碗，真像是在地下被埋没了一千年。我还价五百；小马小朱大声呼冤，说这都是假货。我念他千里迢迢到这里，无非是要想撞着个冤大头，就让他高兴高兴算了，最后还是小马做主以三百元成交。

刚进沙漠，路边还有大片与沙同色、奇形怪状的胡杨树林，其中枯死的多，鲜活的少，看去真有末日无望的凄凉。据说，苦命的胡杨们靠着润吸深沙中的丝丝水分，竟能存活一千年，死了还要傲立一千年，倒下再要烂上一千年。朝沙漠深处走去，它就愈见愈少了，但又始终不绝；哪里有一息水气，它就能在那里挺立。说来，用酒肉滋养的众生躯体，生前还有斤斤计较的名利；然而只一百年，却统统都要化做烂泥。唯独永垂不朽的思想，才能与这些寂寞的胡杨相比。

塔克拉玛干大沙漠那般壮丽

淆称沙漠（desert）的「戈壁」或「内华达」只是砾石滩而已。世界上真正的流沙沙漠，首推非洲撒哈拉，其次就是这塔克拉玛干。蓝天下的金色流沙，比水天一

塔克拉玛干大沙漠

色的海洋更美丽。那是洁净实沉的细沙，被轻薄的风儿吹起，飞过了迎风的丘顶，又快快地坠落下去，那丘顶的尖角成了一弯光滑的月弧。爬上那弧顶，却恨足迹踏破了它的完美。朝四方望去，绵延起伏的丘与弧，一直展伸到遥远的天际；这莫非就是我们中华民族，一盘散沙，却又那般的壮丽。

沙漠公路是从轮台起的头，过了塔里木河，还要穿越五百几十公里的流沙，才能到「西域南道」上的民丰城。建得成这条沙漠公路，堪称中国有绝技，原来是用博斯腾湖出产的芦苇杆，编织成孔方七、八寸的大网，钉扎在公路两边沙丘的底座上。这样一来，就如将「丘庙」的位置固定了，再不怕跑了几个「沙和尚」。凡事说来都很容易，当初却不知付出了多少心血，才悟出了这个浅显的的真谛。

过了正午，到公路的中点「塔中」，出车就像进烘炉，此刻它头上悬着的必是世界上最红最红的红太阳。塔中没有「假日旅馆」，却有铁皮搭成的「四川饭店」和「清真餐厅」。我们一家好川菜，达县来的老板让儿子到后院去挑一只活鸡，只花二十多分钟，就将它烹成了两路口上的「重庆辣子鸡」。招待我们的是个新疆姑娘，说家在「二师」，我略费了心思，才悟出是「农垦第二师」。还有个内蒙古来的女青年来搭讪，说爸爸是蒙族，妈妈是汉族；奇装怪扮的她，想必是在这里做「特种生意」。她非常和蔼可亲，绝不像巩俐在戏中那么有刹气。

霍英东应该回馈沙漠

说到「沙」，不禁想起香港人物霍英东，此人年轻时候有江湖义气，抗美援朝时办了许多禁运的西药支援志愿军；共产党知恩图报，让他一个人炒作了五十年的黄沙生意，如今家资已有几十个亿。我想，他对沙漠一定很有情谊，若叫他搞什么「西沙东送」，会叫他折本；但请他拔几根毛，造上几个厕所，清理一下环境，引得大批海内外观光客，也该是件饮水思源、回馈黄沙的好事情。

再行几百里，见胡杨渐多，不久又出现大片的芦苇，沙漠公路必定已快到尽头。只见路边停着六、七架驴车，车上垒着一人多高的枯柴，那是维族农民深入沙漠，拣回来的三千年的胡杨枝；还见有个小伙子在清水溏里沐浴，要涤尽浑身尘土回家去。我们停下车来与他们攀谈，摄影留念；其中有几个汉话说得很不错，他们都是「民丰县热克亚乡劳光大队」的淳朴村民，年长的那位叫「阿外克力・考西马克」。

出沙漠路，朝东就是且末、若羌、楼兰和玉门关，随着北疆的繁荣和罗布泊的枯竭，这条回归中原的「南道」早就被废弃。我们是朝西走，在不远的民丰城过夜。维族百姓叫这片地方「尼雅」，玄奘记之为「尼壤」，得名于一条源于昆仑山，北流湮灭在大漠里的「尼雅河」。查「民丰」是「一九四五年从和阗县析出」的县置，必是某汉官为它取了这个脱离群众的名字。人说民丰是新疆最小的县，一共只有三万人。

斯坦因盗宝和杨老师的辛酸故事

一九〇一年，英籍匈牙利犹太人斯坦因发现了「尼雅遗址」，「尼雅」之名就沸沸扬扬，从此盗贼慕名蜂至。这片干枯了的绿洲，在民丰城北一百三十多公里的河尾处，南北二十公里长，东西最宽六、七公里。古城中有官署、民宅和佛庙。斯坦因前后来过四次，掘走了的无价文物和艺术珍品，统统在堂堂的大英博物馆中销赃。王国维对那里出土的木简进行过研究，确认尼雅是《汉书‧西域传》记载的「精绝国」。我问小马为何不带我们去看「精绝遗址」？他说它不在大路旁，天黑进去怕有差池。

宿夜的「民丰宾馆」是由一位「川北妹子」承包，每年上缴十万元利润，只是大限将至，她不愿再下血本，于是设备破败；但早餐丰富，聊堪补偿。宾馆门外有家网吧。那天吧主外出，父亲杨老师帮他看家。老师甘肃武威人，刮共产风的年头，父母都饿死家乡，他十三岁时就跟着活着的乡亲逃到新疆，在和田进了师范，毕业就到民丰的汉校来教书，现在月薪一千七百元。问老师买房没有？答曰住公家宿舍才五元钱一月，买那干啥。又问想不想老家？他说天下哪儿都一样。再问网吧赚不赚钱？说是儿子中专毕业没事干，才来做这个破生意，都是些小孩子在玩游戏，调皮的玩完了撒腿就跑，还有啥钱可赚？说着天昏地暗，沙尘暴起，我匆匆告辞，他送我到门外，还追问美国好不好？我说问题也不少。

快乐不在于穷富

「和阗」本是张骞说的「于阗」地方，维语读「Khotan」，留洋回来的玄奘学问大，偏说它叫「瞿萨旦那国」。五十年代文字改革将「和阗」改作「和田」并无大碍。从民丰到和田，中间隔了于田、策勒、洛浦三县。这个「于田」百姓叫「克里雅」，是汉代「扜弥国」，清代初设「于阗县」，于是有古今两个「于阗」之淆。这些小绿洲都是昆仑山的雪水冲积而成，一条叫策勒河，一条叫克里雅河。

从民丰到和田，本来的路况就不甚好，可是又有一百多公里的路基被扒掉，我们还得在便道上再折腾了。没有石油系统撑腰，这里的拓宽工程更加死气沉沉，根本见不着人施工，想必是「资金不到位」，或者是「地方逼中央」。沙漠公路这个世界奇观，每年少说可以吸引来五万海外游客，每人消费一千美元，新疆地方少说可有四亿收入；关键就在这通道，但堵塞到这般荒落，遗憾，遗憾。

本以为沙漠的南缘比北缘热，其实那里很凉快。想来道理很简单：沙漠中心的热气朝上冲，引得四周山中的冷风往里填。我们在路边一家兼售西瓜的小百货店歇脚，门外有张大床让大家坐。见两个美丽的女子抱着孩子坐在补鞋摊边等鞋子，却因语言不通而无法对话；小马说补鞋原来是温州人的营生，现在他们升级做大生意，维族同胞就来顶班。又见一个油头粉面的青年绅士走来，请问他什么的干活？说是乡农机站的技术员。我们在乐声吃西瓜，老板娘闻声就起舞；生活的感觉最重要，快乐不在于穷富。

库尔班穷汉们怎么办？

说着说着，就过了策勒和洛浦，过了一座大桥就进了和田城。桥上有个农夫赶着一群听话的绵羊，大概都是去进屠场；桥下必是那条玉龙喀什河，它和喀拉喀什河在城北合流成「和田河」，然后杯水车薪、不自量力地流进了大沙漠。城西南买力克·阿瓦提地方，是古于阗国的王城遗址；城中心立着毛泽东和库尔班老汉握手的大雕像，据说老一代的维族民众对毛泽东很崇拜，天下无疑有人怀念均贫的时代。

小朱带我们去一家私人作坊，见识

作者与鞋摊边的维族女子

了织丝毯的精巧技术，但要价不斐；又带我们去参观一家玉器厂，老板娘是「兵团战士」的精明子女，见得我们从美国来，便打听世界经济走势，想必在盘算财富的处置。在一处雅静的高尚住宅区边，有一家洁净的饺子店，于是一行就在那里吃中饭；又进来一对维族夫妇，一副高雅的贵族气派。时光流逝，和田均贫不再；富虫们一个一个生出来，共产党的「基本群众」库尔班穷汉们怎么办？

维母汉父的朱家女

和田宾馆前台的温和女子，长得汉维两可。问她尊姓？却是我们江苏朱氏本家。故世的父亲是跟部队来的，在劳改农场当干部，现在哥哥顶替了父亲的

和田街头

工作。维族母亲和她一起住；丈夫也是维母汉父，小俩口都会说维语，却识不得维文。问她有几个孩子？说只有一个，长得像个维族小子。我说维族不是能生两个吗？她说从小报的就是汉族。又问维汉通婚多不多？她说父亲那时代多，现在很少了，是因为生活习惯不相同。

说来民族的融合，实在是可以分成「强迫」和「自愿」两种。一个湘潭籍同学告诉过我，当年湘军西征归来，许多人带回来了维族太太。五十年前，共产党在新疆分田地、搞改革，一时威望很高；那些能说会道的汉族干部，都成了时世造就的「豪杰」，美人爱慕的「英雄」。到头来，毛泽东颠三倒四，共产党朝令夕改；当年的英雄就统统变成了不明事理的「糊涂虫」。我想，除生活习惯不相同外，这或许是两族通婚减少的政治缘故。

少生孩子多种树

从和田到喀什是朝正西北走，和田地区到皮山县止，喀什地区从叶城县始。从地理上看，喀什地区的东部属于叶尔羌河流域，该河源自与喀什米尔分界的喀拉昆仑山中，它北流到泽普和莎车时，弥散成许多灌渠，到麦盖提又归笼朝东北转进，但终未内能与阿克苏合流，便于沙漠西北缘蒸发殆尽。这一路很平坦，丝毫没有与世界屋脊极近之感；可是气候非常很燥热。要是居家的话，我宁肯选择清凉的和田。

一路的树木都长得很好，还有看不完的用维汉两种文字写的标语，其中反复出现，而且最容易记住的是「少生孩子多种树」。说来，美国商业广告多，叫人一渴就会想到「可口可乐」；而中国政治口号多，但「四个坚持」「三个代表」令人莫知所晓。惟此「少生孩子多种树」，最合国情，最顺口。这口号如果早叫十年、二十年，国事就不会这般的麻烦，但晚叫总比不叫的好。

中午在「莎车国」着地，当地人呼之「叶尔羌」，《元史》记作「也里虔」或「鸭儿看」。莎车是新疆最大的县，人口六十多万，产棉全国第一。十六至十七世纪时，察哈台汗后裔在这里建立过叶尔羌汗国。那时蒙古朵豁刺惕部控制了天山南路和河中地区三百余年，他们改说突厥语，服膺伊斯兰教，连名字都取得像阿拉伯人了。这些蒙古后裔，在中国境内融于维吾尔族中，境外则大部成了乌兹别克族。

马可波罗也来过莎车

莎车是「南道」的枢纽，西行翻越帕米尔，就到阿富汗、巴基斯坦和印度，再西走就是伊朗和罗马，当年这条丝路非常繁盛，马可波罗就从这条路进得中国。成吉思汗的后代为了收「买路钱」，在南道上打得你死我活；这又逼得人们去开辟海路，从此也就断送了莽夫们的生路；真乃「成也武功，败也武功」。那个嫁给伊儿汗国的元朝公主，就是从福建泉州坐船去的伊朗，顺便还捎走了西归的马可波罗。

虽说叶尔羌汗国只有一百多年的光景，但犹有遗风可观。王宫的伊斯兰式的宫门和宫墙颇有气派，但内部已经象个大杂院。保护得很好的是第二任国王拉施德汗的妻子阿曼尼沙汗的陵墓，这是一个底座四方、望去是上下两层的建筑，每边有高柱撑着的五个拱；红地毯把你引上阶梯，进得到高敞达顶的大厅，那里按放着她的衣冠冢。她是个受后人敬重的才女，写有许多传世的诗歌，还收集和整理了不少音乐和古风。

又上路，心里却为新疆地名犯嘀咕。根据《汉书》把叶尔羌叫做「莎车」，固已荒谬；将尼雅作「民丰」，克里雅作「于田」，就完全不成体统。再如，且末是为「车臣」、皮山实为「姑墨」，而字典手册根本不予注解。马可波罗到过的一个「Charchan」地方，常人都不知道就是「且末」。历代中央政府对新疆地名循鸵鸟政策，共产党也只将「迪化」改做「乌鲁木齐」，其他原封不动，这实在是对当地民族的不尊重。

喀什是中亚的明珠

四点钟光景进了名城喀什；先绕城一周识个大概，只见是个现代都会，何处又是中亚之风？从喀什西行便是吉尔吉斯和乌兹别克，后者即《史记》列传的「大宛」。然而，仙境却在帕米尔中，从喀什南行三百公里，经美如画的公格尔和慕士塔格山脚，半日能达塔什库尔干。那里的土着塔吉克族是伊朗种，女子娇媚，男儿英俊。帕米尔山高险阻，游牧民族鞭长莫及，山中百姓至今还有不变的音容。玄奘归国途中经过那里，说它叫「朅盘陀国」，却又说它的居民「容貌丑弊」，这莫非是出家人「酸葡萄」？今年雨水多，这条路上有险情；我们时间又紧，只好在喀什城中游大巴扎和香妃墓。将来务必到此再一游。

下榻的其尼亚克宾馆的经理说，过去有很多欧洲客人从巴基斯坦开旅行车来，先到塔什库尔干观山水，再到喀什的巴扎买货物，因此生意火红；今年阿富汗打仗，政府把几个口岸封了，宾馆收入因此大打折扣。这位白面富态的经理三十零头，一口英文则无师自通。说爷爷是江苏泰兴的地主，没有出路的父亲很早就来支边；那时喀什啥也没有，是父辈们把它建成了中亚的明珠。我思忖：莫非是爷爷的灵气复燃，使他既精明又成功？

英国领事的母亲是太平天国的人

这宾馆建在英国驻喀什领事馆的原址上。有趣的是那首任领事马继业的身世，其父马格里，是镇压太平军的洋枪队的少校军医，且与李鸿章有私谊。联军攻进苏州城，少校娶了天国纳王的妾为妻；军医又做过金陵兵工厂的主持，马继业就生在石头城中。后来为帮助郭嵩焘建立公使馆，马格里去伦敦时带走了十岁的马继业。马继业精通英、法、德、俄语，想必还操得一口儿时说的南京话，他先在英属印度政府中任译员。一八九〇年他二十三岁，随荣赫鹏（Sir Francis Younghusband）到新疆考察，从此就留在喀什当了二十八年的领事。这个领事馆是他一手张罗，原是喀什最豪华的建筑，斯坦因对它还有美好的回忆；现在只是宾馆后院中的一个餐厅，看去平凡无奇。

出门是色满路。东转西拐，就上了一条满布维族商号的大马路，两边有的是五、六、七层的洋楼，街面有药房、发廊；门洞中开的是牙科诊所。药房的广告是一个大牛头，发廊的招贴来自好来坞。光鲜的男女在打手机，边说边笑旁若无人；有个红衣青年，身上爬着蝎子，原来是在卖膏药。还见一家经销店，放着几十辆裎亮的摩托车，贱的三千，贵的不过八千多，看上去却都像是日本货。从巴基斯坦到摩洛哥，大概难找一个伊斯兰城市，这般繁荣，又这般世俗。走着走着，又失魂落魄：当真有人能叫它再回变成一个「阿富汗国」？

色满街上的药房

维吾尔族会走路，就会跳舞

第二天，游了清真寺、香妃墓和大巴扎后，却增添了人文感觉的失落，难道此行只是为古人、信仰和物欲？我们要见的是底层百姓的生活。离大巴扎不远，是个方圆几里的大土坡，坡上有层层迭迭的老土屋，小朱把车停在坡下的臭水沟旁，我们缓步走进这个中亚人类的聚落。这里是土路，土墙，和只用几根木料就筑起了的土房，深巷里还架着过街楼，大概是婆媳各住一头。正曲曲拐拐疑无路，前头却冒出了个亮人眼目女子，她摆了个姿势，送来浅浅的秋波，让我们拍了个照。妇女们三两聚席在地上缝帽子，有几间院子开着门，看得出里面有穷富。还有一处是「居民委员会」，政府还

会走路就会跳舞

有专人管束这些三姑六婆。

有人伸手拉我们进门去做客，那小合院中的堂屋顶头，垒着一摞红绸面的被子，四周壁毯环绕，我们在地毯上入座。三十岁上下的两个姐妹端水招待，先推销她们制作的小红帽，然后妹妹抱出了个小女孩，要她跟着那录音机的乐声来跳舞；女孩没睡醒，当妈的很来火，还是外婆让她起的步。一起步，就入魔。只见她身首微扭，纤指略张，没有一分做作，没有一丝虚浮。那乐声莫非就是「龟兹乐」？婆娑着的一定是「西域舞」。就是这个天才魔女，令我们此行不虚无；妻子买了两顶帽子，付了感谢费。记得她们说：「我们会走路，就会跳舞。」

美国人在喀什开咖啡馆

心满意足地回到色满路上，进了一家咖啡馆，那是一个美国家庭开的，除了有舒适的座椅，还有洁净的厕所。主人家来自爱达荷，夫妇两人有三个女儿，从举止和服饰看像是虔诚的基督徒；说是在这里住了许多年了，已经爱上了喀什的百姓和水土。我问主人：「中国政府怎么能容忍你？」他说他有GOODWILL（善良意愿），政府知道他们不会是SPY（间谍）的；问他想不想在这里传教？说原来是一个HOPE（希望），做不到也就算了。天下人各有志，华尔街中有人贪得无厌，色满街上有人宁静致远。

我们坐飞机回乌鲁木齐，小马、小朱要把车开回去。又是新疆航空公司崭新的波音机，小姐中却没有一位维族古丽。抬眼望去，满座的机舱里有四个美国和平队队员，一个巴基斯坦卖地毯的伙计，却只有一个维族兄弟，滑行时他还在打手机，想必是第一次坐飞机；广播说的是怪声怪气的汉话和英语，根本就没把维族同胞放在心目里。飞机升空，一个醉鬼就开始捣乱，一路不歇气；问是何许人？说是早就发现了形迹，只是一个公安担保他没问题，才让他俩一起登了机。到乌鲁木齐，见那个猪头猪脑的公安带着他那未醒的朋友走过我的身边；真不知这里有没有法制，难道他俩也可以把我们送进深渊里？

天池边上有娘娘庙

第二天，旅行社的车送我们去「天池」和「南山」。天山有很多脉络；一派柏格达山在乌鲁木齐的正东，山中有白雪封顶的柏格达峰，峰下就是闻名遐迩的「天池」。从乌鲁木齐要先朝东北走，过了米泉和阜康，然后沿着一条南进的路，上得山中。路边都是些哈萨克族的蒙古包，悠悠的马儿们还在溪边吃草；人儿们却都成「天池管理局」的雇员了。车儿们在一片故弄玄虚的地方止步，欲到天池边，还须乘电车或坐缆车续路。

这池碧绿的青水，是在被群峦托起在松林密布的高山上；是那透蓝的天空，牵着雪白的远峰。恍然觉得进了离天咫尺的无欲境界，真又何必再回归世俗纷争的人间？我们来得早，搭上了本旅行社经营的头班遊船，在湖中绕了个顺时针的大圆圈，却再也没近得一些那既远又近的天边。中途有个小站，原来是个台商在半山上修了个「娘娘庙」，让人们花钱去求签；痛惜的我，心中不住地为天池祈祷：万不可让港商再造一个煞风景的「阎王殿」。

留连留连，又呆坐在一块青石边，兴许这是我离天最近的一天。是个身穿保安制服的哈萨克青年，有礼貌地告诉我「你越出了边线」；木讷的他原是个牧民，随本地当龄的男女，统统被政府收编，日子当然要比过去好得多，每月能挣个七百元。要不是下午与博物馆和考古所有约，妻儿还要去南山一览，我们怎么舍得离去，再来又是何年？

儿子朱浩与南山哈萨克族牧民

「民族大义」灭「阶级恩仇」

祖籍南京的导游女士，本是中学教师，父亲是国民党的军人，想必是儒将陶峙岳的部属，后来自然成了粗人王震的麾下。问在新疆危险不危险？她说：「没有那会事，新疆的治安系统是全国最有效率的，大案要案花不了二十四小时，都能破案。」我就不知这些是真是假了。她还说：「父亲去年回南京住了一阵，还是回来了，五个子女都在这里，新疆就是我们的家。」最认同新疆的汉人，是国共两党军人后代；既有「民族大义」在，那「阶级恩仇」就化为乌有。

司机又是一个当过兵的直言汉子。说现在社会有许多进步，只是干部腐败得不得了；还说搞多党制就能解决这个问题，只是共产党还没有想通。他跑了四年哈萨克斯坦的车，说那边连肚子也填不饱。有回他给哈萨克边防士兵一块馕，两个大个子掰开分了，两个小个子就一齐哭了。还说那里的工厂开不了工，就干脆拆机器卖，一卖就卖了十年，他就是去拉废铁的。还说那边的水土比这边好，原来都是中国的土地，却让卖国贼给卖了。关于民族问题，他说汉族要学英语，维族连汉语都不学；难道象哈萨克那样，不学俄语就能独立进步了？

论英雄，看未来

说到新疆，不得不提王震。我对他有许多成见，天下更有恨他的学生；这回去了新疆，才知道汉族百姓对他敬如神。满清、民国、共产党三朝治平新疆的人物，以左宗棠、张治中、王震杰出，其中左、王二人是湖南人。说来，张治中是在危局中苦撑，王震才是成事的人。此人带了一个兵团进疆，又与同乡陶峙岳精诚合作，率领两党军人戎装犁田，头年就垦荒一百万亩，从此就固住了游移的新疆的根。

行笔至此又打住，拨了个电话给住在芝加哥刘光华教授。刘伯伯早年留美习建筑，五十年代初在南京工学院任上，去帮助设计石河子，与王震也有过交道；他说：「王震是个粗人，但很有作为。」据李锐回忆，庐山上唯王震还敢为彭德怀讲公道话。文革中王震也挨过斗，毛泽东在天安门上安慰他：「我了解你，你是个粗人。」这个众口一词的粗人，后来当「国家副主席」时已经很颟顸了。据说八九年他说过「拿人头来换江山」的狠话；他说自己是保「关公」邓小平的「周仓」。真叫我感慨；到头来还只般蛮横？共产党真须有当年勇，去追赶世界先进政治水准。

近得米泉县城，远处一排大炮是解放军炮兵阵地，新疆已不是五十年前的格局，民族的比重发生了巨变；境外强邻分崩离析，独立运动失去倚托。宗教信仰虽然真洁，但毕竟无法抵御世俗的诱惑，然而新疆的民族问题还远远未了。

在新疆听到汉族谈维族的愚昧落后，就象美国南方白男人议论黑人。我们一家都同情弱势民族，听了很不是滋味。解决民族问题，本是天下最难的事；若是肤色和相貌不同，就更是雪上加霜。毛泽东有几十年的失误，今天在维族民众中仍有很大影响，因为他实干打富济贫；然

柏格达峰下的天池

而当年要均产的党，今天却要当「三个代表」，说穿了就是「嫌贫爱富」；到头来，穷富两头都落空不说，民族问题还会愈积愈重。

新疆问题的症结是：在经济和政治上，维汉两族未能同步进取。我们应该客观地看到，在市场经济的自由竞争中，弱势群体可能变得愈见孱弱。在处理民族问题的过程中，不能一味讲究优胜劣败，还须有扶持弱势群体的道德勇气；这样的工作，政府不做谁来做？说些民族团结的空话，还不如采取立法措施和政府主导，使各民族都有「与时俱进」的参与感觉。

二〇〇二年十月十七日

无法用「违心」撇清周恩来

——也读《晚年周恩来》

可读性极高的《晚年周恩来》的问世，是出版界的一件大事。作者高文谦先生的父母是燕京大学的同学，忧国忧民而参加了共产党，可是共产革命的胜利没有给中国送来光明，高先生的父亲先就因言获罪而被远放，母亲在文革中又被囚禁在秦城监狱七年之久。因为天分和勤奋，高先生文革后就成为「中共中央文献研究室」的成员，把握了大量中共资料，还亲访过王力、吴法宪、纪登奎这样一些文革要人。「六四」的血腥，使他在「周恩来生平研究小组组长」位上脱离共产党。高先生的母亲是爱国名人林则徐之后，在母亲的鼓励下，他用良知和心血，十年才写就了这部《晚年周恩来》，事实证明这是一门忠良。

《晚年周恩来》的贡献，在于作者全息地俯瞰着中共的历史，而又能将文革的浩繁人事融会贯通，围绕周恩来与毛泽东自「宁都会议」以来的恩恩怨怨，夹叙夹议地揭示毛泽东的妖孽本质；而之于谨守晚节周恩来，作者却又把感情留给读者们，褒贬由你了。读《晚年周恩来》，如受作者一派正气的濡沫，是一件难得的快事。文化大革命起头时，高文谦先生年仅十三岁，却又能对世事的理解如此透彻，我想一则生有乃祖之遗风，二则是逆境的催动，使他早生了担当历史重纲的抱负。

中国各代历史都是由后朝官修的，为维持「皇纲」和「帝统」，后朝都竭力为前朝美言，这就是中国历史充满谎言的传统。而中国共产党就更其然了，连当天的事情都敢说假话，它将来的历史自然是没人信的。而李锐先生以与毛泽东的私交和亲历，李志遂先生以贴身的近距观察，分别写就了《庐山会议实录》和《毛泽东私人医生回忆录》，而《晚年周恩来》又继往而来为爱史的中国人建立了诚实的信誉。

我也见过周恩来，一九六七年「二月逆流」时，四川搞了个「二月镇反」，同校教书的一位体育教师被抓，我们几个要好朋友到北京去告状，在地质学院和西苑饭店住了两个多月，等待中央解决四川问题。五月初的一天深夜，「中央首长」在人民大会堂接见群众代表，排不上号的在台阶上等候消息。后来说首长要多见些人，我也进去了，于是见到了全部「中央文革」的成员。

三十六年过去，惟对周恩来和康生的形象还有记忆。那天「首长们」都穿军装，只有康生着中山服，敞着领子，露出了雪白的衬衣。周恩来和康生还不时站起来走动，手上还端着茶杯，他们个儿不高，容颜端庄，红光满面；那年头百姓们面有菜色，我头遭见到气色这般好的中国人，因此第一个闪进脑子的念头是「他们大概天天吃肉」。记得有人嚷着要成都军区司令员「韦杰站起来」，韦杰是个小老头，老老实实地站起来，周恩来很和气地说「还是让他坐下吧」，他南腔北调的讲话很平稳，并没有躁动的「革命热情」。那时，我以为文革很快就要结束，对「中央首长讲话」并无很大兴趣，只是把他们的表面看了个够。

人们都说周恩来很英俊。据说抗战期间他在重庆与一班文化人接触很多，演《桃李劫》的陈波儿暗恋他，常常来纠缠；邓颖超女士发现了不正常的信号，就把大家聚在一起吃饭，收了陈波儿做干女儿，才了了这番「儿女情」。此事虽小，却使我觉得邓颖超不失为知情理的人。天安门事件时群情激愤，周恩来博得了太多人的爱，其中也有我的一份。可是天长日久，共产党毛泽东的阴毒愈暴愈多，「周恩来、邓颖超是伪君子」，又成了我对他们的后论。

初到美国，恶补了一大堆海外中文报纸，至今还记得关于周恩来的两件事。一是西德《明星周刊》五十年代报导，他在德国期间（一九二二年初至二三年七月或十一月），与一个叫史蒂芬的十八岁的女子相爱，她为他育有一子库诺。后来史蒂芬失却了周恩来的音信，库诺长大遇上了战争，被送到东线去作战，战死在俄国。二是「顾顺章灭门案」，顾是中共中央政治局候补委员，中共特工负责人之一，周恩来的助手，一九三一年被捕叛变，对中共中央机关造成重大伤害，周恩来和康生率领「红队」将他全家杀绝，然后周恩来自己去了江西。

《晚年周恩来》记录了他与毛泽东的一世纠缠。那是斯大林和共产国际的瞎指挥，书生们不得不盲从，夺了毛泽东兵权，反围剿斗争就失败，红军损失惨重，长征途中在遵义，周恩来不得不向毛泽东认错。从此，周恩来后半生就成了一个「戴罪之人」。而毛泽东生来刻薄寡恩，不时要拿别人的过错来敲打敲打；即便周恩来检讨认罪不完，毛泽东也不宽恕他。几十年后，还要用「经验主义」的紧箍咒缠他，用「伍豪事件」的叛徒嫌疑暗示他，临死还被清算

「投降主义」。在得了不治的癌症后，毛泽东赐他早死，他就不敢不先死了。

《晚年周恩来》开卷便道出了周恩来「保持晚节」的惶恐心态：「自知将不久于人世的周恩来提笔给毛泽东写了封亲笔信（按，写于一九七五年六月十六日），回顾反省了自己的一生，说：『从遵义会议到今天整整四十年，得主席谆谆善诱，而仍不断犯错，甚至犯罪，真愧悔无极。现在病中，反复回忆反省，不仅要保持晚节，还愿写出一个像样的意见总结出来。』」读到这里，我大惊：周恩来只比毛泽东小了五岁，怎若儿孙般的谦卑？

「书生」在江西夺了毛泽东的兵权

中共犯过「路线错误」的人物，都被打入了冷宫，陈独秀早早贫病死在四川江津，王明去了苏联，张国焘去了香港，惟周恩来是「留用人员」。尽管他在党内有资深地位，但与曾是毛派人物的刘少奇、邓小平，或身为嫡系军人彭德怀、林彪不同，他们还可以有点顶撞的胆量，而他周恩来却是万万不敢的。这固然是因为毛的强势而霸道性格，和周的懦弱而懂事的天性；更重要的却是他有过反毛的「不良早节」，使本该有点革命家血性的周恩来，在毛泽东面前却象个奴婢了。

一九四二年，周恩来从重庆回延安参加「整风运动」。仕别三年，红太阳已经高高升起，《晚年周恩来》说到一件非常惊心的事情：「周恩来一回到延安，毛泽东就给他来了个下马威，劈头盖脸地批评他与胡宗南办交涉时破坏党的纪律……并甩出一句很重的话：『不要人在曹营心在汉！』」毛泽东随意辱骂高级党人是「家常便饭」，张国焘就亲眼见过毛泽东骂张闻天，就如老子骂儿子；而毛泽东对张国焘夫妇，也极尽讽刺挖苦之能事，甚至于街头戏弄张国焘年幼的儿子，遂使张国焘萌生了去意。而「相忍为党」的周恩来却把这句重话咽了下去。

毛泽东在共产党内的地位，是他的智慧和能力造就的。有人说「想像力比知识更重要」。对于打天下的时代共产党来说，毛泽东是一个有想像力的创业领袖，周恩来只是个通情理的执行命令的守成之才。毛泽东不择手段的谋略，投合了共产党人追求胜利的狂热，乃至不计后果地将他捧到至高无上的地位。他与周恩来江西一度的瑜亮情结，早因周在遵义认了「我不如人」而了结；再通过造神的延安整风，周在毛面前更丧失了人格独立的尊严，从此就铸定了两人间的君臣关系。

遵义会议伊始，共产党既因毛泽东得了成功的效率，亦因他的至尊使党内生活失去公平。成败皆因毛泽东，六十年代初中国已经饿死了几千万百姓。可是身为人民解放军「总政治部主任」的萧华，还在那流传一时的《长征组歌》里歌颂「毛主席料事真如神」。几年后，毛泽东就发动「文化大革命」，把那些大大小小的萧华们和刘、邓一锅煮了，他们才发现「神」与「鬼」没有区别。中国俗语很精妙，何为「牛鬼蛇神」？非毛泽东莫属也。

《晚年周恩来》说林彪事件后，毛泽东灰头土脸，「精神颓唐，抑郁终日，内火攻心，终于病倒了下来」。他天天想害人，又怕有人要害他，因此拒绝服药。加上参加陈毅追悼会，「受了风寒，导致病情恶化，由肺炎转成肺心病，全身浮肿，整日昏昏沉沉，出现心力衰竭的现象，曾一度昏厥过去」。「闻讯赶来的周氏心情紧张到了极点，以至当场大小便失禁，许久下不得车来」。作者引用李志遂医生的回忆，毛泽东病中曾经作过交权的安排：「毛将头转向周恩来说：『我不行了，全靠你了……』周立刻插话说：『主席的身体没有大问题，还是要靠主席。』毛摇摇头说：『不行了，我不行了。我死了以后，事情全由你办。』」

可是，尼克森即将访华，毛悟出了以外交胜利掩盖文革破产的玄机，于是开始服药，并迅速见效。《晚年周恩来》又记载，经周恩来与尼克森、基辛格周旋，联美反苏局面实现，毛泽东得意之余，病情亦见好转，于是害人之心又起。一则后悔交权的安排，二则妒忌周的风头，三则担心活不过周。于是指使汪东兴阻止治疗周恩来初发的膀胱癌，又利用「批林整风」勒令周检讨历史错误，一九七三年十一月借故召集的政治局扩大会议，莫须有地批判斗争周的「投降主义」，江青竟指责他「跪在美帝面前」，周恩来经过此番刺激，精神肉体一蹶不振，而继之而来的批孔、批水浒、批宋江的明枪暗箭，终于将他射倒于病榻不起。

共产党倒置了「群众—政党—领袖」的从属关系，周恩来不仅参与了领袖危害人民的活动，而且在共产党的内斗中，屡屡以毛泽东的意志为转移，以保护自己为前提，不惜牺牲同志。因此，对于周恩来在文革中的许多行为，即便站在共产党的立场，也无法用「违心」二字撇清，他是在毁党，而不是在护党。一九七五年九月，周恩来在施行第四次手术前大呼：「我是忠于党，忠于人民的！我不是投降派！」事实上，他既没忠于党，也没有忠于人民；而只是一个平时跪在「领袖」脚边的人，临死想伸直一下。

周恩来、邓颖超夫妇都很重视名节，而他们想保持的晚节，今天看来都是些如「忠于毛主席」之类的污名。《晚年周恩来》说毛泽东死后，「四人帮」被打倒，就在毛泽东身与名俱裂的当刻，邓颖超却先就要主持平反工作的胡耀邦，把一九七三年那次「批周」的政治局扩大会议的记录全部销毁，她忧的竟是毛的阴魂还要纠缠先君的「清白」。这位「天字第一号」的「马列主义老太太」，实在是太不识大体了，她对即将来临的变革竟毫无预感，乃至今人要为周恩来净身，都失去了一个重要依据。

《晚年周恩来》对毛泽东、江青夫妇的无耻暴戾，进行了无情揭露。在文革期间，我就听说江青说她是「主席的一条狗」，还听说过她常常自称「老娘」。对这些话，我一直将信将疑：莫非如此高级的政治人物，还说得出这般粗鄙下流的言语吗？可是高文谦先生为它们都找到了出处。读到这些文字，不禁痛心，原来是一个妖孽豢养了一群疯狗，把我们民族的四千年文明，咬得遍体鳞伤；这又如何叫我们去认同那个至今还以妖孽为偶像的中国共产党？

周恩来既是一个颠复政府的革命者，又是一个恪守君臣之节的奴仆。中国产生了这样一个复杂而失败人物，然而海内外还有许多人崇敬他，可见未来还将有后继的失败者。有人说，这是共产党的不良党规，造就了周恩来这样的人物；也有人可争议说，正是周恩来这样的人，姑息了毛泽东，造就了共产党。我们要跳出这种因果循环，只能将周恩来现象归因于社会文化—心理现象，极端霸道的毛泽东和极端顺从的周恩来，都是中华民族封建文化的产物。

然而，从个人人格上来看，周恩来和毛泽东毕竟是不同的。毛说过：「我是不下『罪己诏』的。」可见他是一个毫无忏悔之心的「鬼」。而周恩来却是一个有罪恶感的「人」。他自觉对不起贺龙，有机会就设法挽回。《晚年周恩来》中杨成武的那段追忆，确实很感人。尽管周恩来做了那么多的错事，但他是一个想与人为善的人，一个经常念及别人的好处的人，一个愿意自我谴责的人。如果不入共产党，他未必会是「绞肉机」中的一个大齿轮。

据说周恩来死前私下多次表示，不要忘记过去帮助过共产党的人。然而，毛泽东连郭沫若这样的人都不放过。抗战期间郭沫若写了《十批判书》，批的是秦始皇，骂的是国民党；可是到了一九七三年「评法批儒」时，以「秦皇」自命的毛泽东竟拿老朋友开刀。《晚年周恩来》说，在一九七四年「一・二五」万人大会上，江青「有意杀鸡给猴看，郭沫若被几次点名，当众罚站」。众所周知，郭沫若还有几个儿子自杀、坐牢；而有识之士如罗隆基、储安平者，则早就家破人亡了。

周恩来一生都是很痛苦的。死神降临前，一次一次唤醒他的，可能就是顾顺章一家妇孺乞生的哀求声。他或许自慰那是「以革命的名义」，或者自责那时「太年轻，太无知」。一九五四年，他回到阔别三十一年的柏林，一个十一、二岁的德国儿童来求见，说是他的孙子，这当然是东德共产党当局认可后的安排，可是五十六岁的周恩来却将他拒之门外。毕生善解人意的他，难道就不能送孩子一盒糖果，再哄他一下「你奶奶认错人了」吗？而非要让这个受了伤害的幼稚去冥思苦想：莫非是祖父太冷酷，或者是祖母在撒谎？

《晚年周恩来》说他临终前是很孤独的，邓颖超无言地握着他的手，等待最后的时刻。我想必冤魂们一个一个地来给他送行，有的尖刻，有的宽容；周恩来向他们一一谢罪，但「我行将就木，已无力挽回」。周恩来或许是一个良心未泯的人，杀完顾顺章一家后，一位目击者就见周恩来自言自语地说：「今后历史如何看待我们呢？」尔后，周恩来也可能立过这样的大志：「让我们得天下后，做尽好事来补偿。」然而，权力到手的共产党，就成了合法的「断头台」，继续以「革命的名义」，屠灭了无数有形生命，还摧杀着无形的道德和灵魂。

共产主义幽灵在地球上回荡了一百年，周恩来追随了它在中国兴起——挫折——成功——失败，最后却由「领袖」安排了他的死期。可庆幸的是，他死在毛泽东的前头，中国的「后事」由别人去操办了。否则他很可能是中国变革的一块绊脚石，总之他的政治行为不可理喻。他去世后，台湾国民党当局的态度是：「我们反对共产主义，不反对个人。」从《参考消息》上读到这条报导，我流下过热泪。又是近三十年逝去，如果人们还能从这位大暴君的卑微助手，与「残暴」同义的「共产主义者」身上，品出一些磨灭不去的人情味的话，那也算是他个人的成功。

二〇〇三五月十六日

附录一：周恩来在德国子孙们

周恩来与德国情人的故事，始传于五十年代初期。一九五四年七月周访问东德，接受胡包特大学颁发荣誉博士，有一位自称是他儿子的东德男子要与他相会，被他拒绝。该男子的面貌有华人特性，轮廓也像周恩来。据当时西方报纸报导，他是周恩来在法国巴黎留学时，与一位德国女子所生的私生子。她「可能是」德共党员，后离开巴黎返回德国。

「周恩来在东德有子孙」的新闻，启发了当时西德《明星》周刊记者海德曼，他以极大的兴趣和耐心，深入「铁幕」采访，在东德汉德海根见到了周恩来当年的情人及其儿子的遗孀，后来又在芝远见到了周恩来的孙子。据海德曼报导，周的情人叫「史蒂芬」，是哥廷根的奥本曼旅店的女仆，一九二三年周恩来寓居该店期间与之相识，昵称她为「格德尔」，两人常在附近森林散步。史蒂芬头发深棕色，体态略胖，不久为周生下一子，取名「库诺」。生下孩子十二天后，她被旅店老板解雇，回乡下父母家去了，从此与周断绝音讯。库诺死于第二次世界大战，妻子改嫁，留下一个孙子「威佛利」（即古诺·韦迩来德·周），一九五四年海德曼去汉德海根采访时，他才是个十来岁的小男孩。文化大革命前夕，《明星》周刊记者再访东德，威佛利已长大成人，在一家国营工厂当工人，结了婚，已有两个女儿（不是儿子）。他为自己是周恩来的后代深感荣耀，得意地告诉记者：「我的祖父举世闻名」。还说工厂的同事都知道这件事。

（摘自金钟编《红朝宰相》第一八三页）

附录二：洪扬生谈「顾顺章灭门案」

一九二八年十一月，中共中央政治局常委决定成立负责中央政治保卫工作的特别委员会，由中央政治局主席和中央常务主席向忠发、中央政治局委员周恩来、政治局候补委员顾顺章负责，特委是决策机构，下设中央特科是行动机构，由顾顺章负责，特科下设四个科，洪扬生（一九二四年入党）为一科的负责人，负责总务；二科搞情报，负责人陈赓；三科就是着名的「红队」，又叫打狗队、红色恐怖队，谭余保、王竹友先后任科长；四科是后来才成立的，是电讯科，由李强负责。洪扬生亲自参加了这场杀光顾顺章全家的灭门案。

这场屠杀由周恩来亲自带队，康生（赵容）也直接参与，黄埔军校的学生斯励那天在顾家打麻将，他的哥哥是国民党将领，有记载斯励在「四・一二」清党中曾将周恩来从国民党手里救出，但也因为他认得周恩来，所以也一样被杀。这一事件中当场被杀的有顾顺章的十几个家人和亲友。洪扬生亲自杀了顾顺章的妻子，还安排把顾顺章七岁的女儿送去浦东，后来下落不明。在行刑过程中，康生表现得比周更坚决、更冷酷。

任务完成后，周恩来冷漠地望了望赵容，像是在跟他说话，但又像是跟自己说话似的，自言自语地讲：「现在是非常时期，我们万不得已，采取这样的极端措施，今后历史将怎样看待我们呢？」大概讲了这句话后才可以稍微对得住自己的良心。一九三一年在甘斯东路爱棠村、新闸路、武定路等地挖掘这些尸体时，共挖出三、四十具，都是周恩来领导下的这个「锄奸」

的战果。当时哄动了整个上海。

在顾顺章叛变后，周恩来亲自召集特科的成员和他们的家属说：「中央来不及妥善安置每一个，如果有可能离开上海，就离开上海躲避一阵子，如果实在躲避不了，顾顺章来了，威逼你自首，中央也允许你们自首脱党，但决不能出卖朋友，以后等到上海成了共产党的天下，我会替你们作证……」

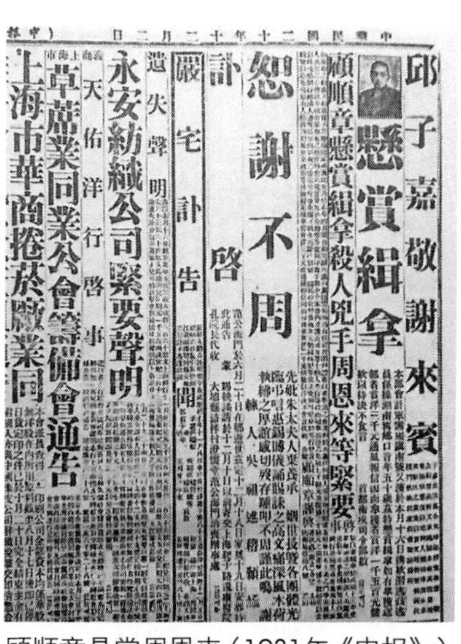
中華民國二十年十二月二日 申報
邱子嘉敬謝來賓
懸賞緝拿
顧順章懸賞緝拿殺人兇手周恩來等緊要
愍謝不周
訃啓
嚴宅訃告
永安紡織公司緊要聲明
遺失聲明
天佑洋行啓事
上海市草蓆業同業公會籌備會通告
上海市華商捲菸廠業同

顾顺章悬赏周恩来（1931年《申报》）

洪扬生后来转移到中央苏区，在「长征」途中被俘，根据周恩来的指示自首，当了一段时间的特务，大概没有立功表现，后来长期失业，流落在上海。上海解放后，洪去找一九三一年领导中央特科的潘汉年，因为他知道周恩来作过的上述指示。但潘汉年敷衍了他几句，就将他推出门口。一九五一年四月大逮捕时他一度被捉，不久放出，安排在工厂劳动，五八年再被捕，一直关到七四年，未正式判刑。洪为保卫革命领导人而出生入死，解放后当然怕他嘴巴不严，乱讲话，而对他实行「专政」，但没有把他灭口。文革结束后，由当时担任外贸部长的李强作证明，洪被安排到文史研究馆，每个月有八十元的生活费。

（林保华文，原载《华夏文摘》，朱学渊删节）

一堆糊涂虫说林彪

八月初，香港凤凰卫视的「鲁豫有约」节目，连续两个周末播放了中国名人吴法宪将军夫人陈经圻女士的采访记。陈大姐抗日战争时期参加新四军，从上海的一个中学生变成了一个革命战士，在一次聚会上唱了一首英文歌曲，引起吴将军的爱恋，结合成一个美满的革命家庭。

吴法宪夫人上电视为丈夫叫屈

采访的主题自然是林彪「九一三叛逃案」，是时吴将军是空军司令，事后又是「林彪、四人帮反革命集团」的重要成员，因此对事件的始末有相当详尽的了解。陈大姐年过八旬、言辞谦逊，而且记忆清晰，条理分明，她把周恩来带着吴将军处置事件的细节，说得清清楚楚。依我的感觉，毛泽东似曾通过周恩来挽留林彪，只是林彪去意已坚，乃至「折戟沉沙」了。

对吴将军事后所受的处罚，以至株连家属的做法，陈大姐非常反感，她认为夫君虽是林彪提拔的部下，但只有「工作关系」；而所谓「林彪、四人帮反革命集团」，则纯属子虚乌有。到头来，经常「反对四人帮」的吴将军等，竟与江青等同上了一个被告席。对共产党此等「司法」的厌恶，我们与陈大姐有相印之心相惜之感。所谓「胡风集团」，「高饶反党」，「章罗联盟」，「彭罗陆杨」，哪门儿不是假的？有些事情非得落到自己的头上，才会觉得冤枉。

陈大姐提到吴将军出事后，她把与林彪、叶群合影照片、往还书信统统烧了。说来，我们也都经历过那个恐惧的时代，据美国之音报导，《晚年周恩来》作者高文谦先生说，毛泽东也派他的亲信女子谢静宜，把「故副统帅府」中的档案文书「清理」了一遍，灭去了许多蛛丝马迹；大家还都知道，林彪死后周恩来大哭一场。

体制内思维的糊涂和虚伪

最近，海内外一片为林彪翻案声，最执着者自然是闻人林豆豆（林立衡）了，她四下活动为父平反，说的无非是她妈和兄弟害了她爹，林彪本人根本就不知道有个《五七一工程纪要》云云。林豆豆虽在「北大」受过尖端教育，其实是个非常痴愚的女子，当年她向「党中央」密告叶群有「异动」，致使林彪仓促出走，失事身亡。今天，「大义灭亲」的她，却又期待中央还父亲一个「无产阶级革命家」的「光辉形象」。

这种失智人还很真不少，前国家主席杨尚昆之子杨绍明即是一个。年初蒋彦勇医生说杨老先生生前曾经向他表示，「六四」是中共历史上最大的错误；可是小杨先生非但不领蒋医生情，还要连番表示身为党国要人的父亲，是不可能向这个普通军医说这些「圈内话」的。原来，被邓小平愚弄了一盘的杨门之后，还是想要「与党中央保持一致」的。

刘少奇之女刘爱琴是又一个糊涂人，八月间她也在「鲁豫有约」上诉刘家的苦，念及了卧轨的哥哥，和病死的弟弟，可是这位「留苏生」的结论竟是：「我爸爸从来没有反对毛主席，他本来不该搞政治，政治太残酷了！」最可笑的，还数刘爱琴的继母，被毛泽东害死了丈夫的王光美，曾握着吴祖光夫人新凤霞女士（已故）的手，诛心地说：「我们都是毛主席的好学生。」

这些的愚昧或虚伪，就是所谓「体制内思维」的一角一斑。无论是林豆豆、杨绍明、刘爱琴，乃至高了一个辈分的王光美，虽然家人被毛泽东害惨了，而且「姓资姓社」的风水都已经转回了一圈，但他们都还是要「拥护毛主席」，死了还想「进八宝山」的。当今为林彪翻案的格局，还会朝这个忠毛的「牛角尖」里面继续钻下去。

在形形色色的翻案活动中，又以美国吴金秋教授的「说不清论」，最令人困惑了。吴教授是吴法宪将军和陈经圻大姐的女儿，八十年代后期来美留学，于某校获历史学硕士学位，现任Old Dominion大学教授。美国之音报导她日前在纽约说，关于林彪事件「……应该出来的真相，都已经出来了，各个地方的材料都出来了，如果现在还没有出来的，那就是一个谜了，历史的谜案是很多的」。她强调没有充分的根据证明林彪企图出逃苏联。

我们要说清林彪的问题，还得剖析林彪其人。

军事天才变成山大王的佞臣

说来，黄永胜、吴法宪、李作鹏、邱会作等将军，只是一群聪明而勇敢的造反农民而已；而林彪则是一个运筹帷幄的天才。史学家周策纵先生曾对我说，抗战时他在重庆侍从室工作，多次参加两党高级将领与会的军委会会议，有一次林彪受蒋介石命，即席分析国际战局，是他记忆中最精辟的讲话。我想，在座的委员长一定会想：我为什么罗致不到这样的人才？

人才大都向往理想；一个政党没有理想，只能揽聚庸才。共产党那时有理想，于是才得了林彪，他一人将兵，打下了半壁江山；周恩来一舌如簧，又说动了天下的人心。可是，得了天下又如何？「时间开始了」，理想就化为狂妄，十年功夫，毛皇帝就把中国治得一团糟。

事情不顺利，就会有分歧；而这个号称「在斗争中成长」起来的中国共产党，总要把一切党内分歧都说成是「斗争」，而斗争又必然「残酷」，因此就一味地「残酷斗争」了。那些原本的人才，经过权力的腐蚀的和斗争的恐吓，有些变成了奴才（如周恩来），有些变成了奸佞（如林彪）；而彭德怀等人则是「为民请命」的例外。

一九五九年夏天，共产党在庐山开「神仙会」，可是彭德怀才入仙境，就激怒了毛泽东，会议就开成了湖南人的「操娘会」。毛泽东会中搬林彪上山，八月一日他有备而来，在常委会上发言：「彭德怀是野心家，阴谋家，伪君子，冯玉祥。中国只有毛主席是大英雄，谁也不要想当英雄。」一枪就把彭德怀放倒在地，而大英雄的「最亲密的战友」，也就隐然成形了。

彭德怀是个率直而缺乏含蓄的人，他还没有从「胜利的光环」中解脱出来；而两湖三湘出来的革命人物，说话又非常尖刻，如果他不说那句「小资产阶级的狂热性」的名言，历史或许会改写不少……。但是，依了毛泽东的性格，他彭德怀躲得了一回，也决躲不过二回。然而，从新式的「公共关系」或「谈话艺术」的技术层面来看，依了这些农民领袖的冲头冲脑和磕磕碰碰（也算是中国的文化特色），他们难免一天要翻脸的。

再说，共产党这个「打江山，坐江山」的政治——武装团体，除熟习「斗争」和「兵法」外，并无其他的见识和专长。因此，林彪也就只能以「出其不意」的「军事艺术」，来执行领袖「歼灭」同志亦战友的「战略部署」了。这回林彪虽然打倒了彭德怀，却成全了彭德怀的万世名，最后又把他自己钉在「野心

彭德怀与夫人浦安修（在延安美军飞机前摄）

家，阴谋家」的耻辱柱上。

毛泽东的罪恶超过两千年专制总和

中国的农民造反运动一直没有什么出息，信奉「马列主义」的中国共产党，比捧着「马可福音」的天国洪杨，并没有什么长进。「庐山会议」虽然没有流血，但「文化革命」比「天京内讧」，不仅毫不逊色，而且「青胜于兰」。有了「枪杆子」在党内斗争中为「山大王」护驾，毛大王也就更加随心所欲，共产党就从庐山上一路滑下去，先似势如破竹，后来就车毁人亡了。

到林彪死，共产党执政二十二年。其间毛泽东所作的恶，比秦皇以来二千二百年的「历史总恶」还要多。而林彪「助纣为虐」的十二年（一九五九－一九七一），又是中国五千年历史中最饥饿、最恐怖的时代。可以断言，没有林彪的坚定承诺，毛泽东绝不会贸然发动文化革命；而牺牲林彪记恨的革命将领贺龙、罗瑞卿等，又是毛泽东与林彪的罪恶交易。

这样的惨剧，完全起于毛林的罪恶合作；而罪恶又加速了罪犯间的破裂。两人迅速走向对立的起因，还在于毛泽东的反复无常。他很想结束文革，但一次一次因「干扰」（如「二月逆流」）而延误，在他骑虎难下时，「打击面」又一再扩大；「九大」鸦雀无声的场面，使他敏感党心已去，于是想笼络一些「老同志」（如陈毅）的旧情，因此开始疏远得罪人的林彪，还在斯诺面前说了许多林的坏话，并借是否「设立国家主席」的议题（至今令人莫名其妙），把与林亲近的陈伯达打倒，而且有起用张春桥的打算。

林彪一生为人机警，当更非弱辈女流，我们可以想像他对毛泽东不仁不义的愤怒：「我为你出生入死打天下，为你把战友同志得罪光，到头来你放我的坏水，叫我孤家寡人，何处落场？」的确，以当时林彪恶人做尽的处境，接不了班，就是灭亡。于是，这个中国历史上少有的「奸佞」，又立刻拾回了他的曾经造反的「英雄」本色。

讨伐暴君的檄文

时光流逝了三十多年，让我们重温林彪父子的造反组织「小舰队」的纲领——《五七一工程纪要》，它说：

> B-52（指毛泽东）好景不常，急不可待地要在近几年内安排后事。对我们不放心。……他们的社会主义实质是社会法西斯主义……他们把中国的国家机器变成一种互相残杀，互相倾轧的绞肉机……把党和国家政治变成封建专制独裁式的家长制生活……他滥用中国人民给其信任和地位，历史地走向反面，实际上他已成了当代的秦始皇，……他不是一个真正的马列主义者，而是一个行孔孟之道借马列主义之皮、执秦始

皇之法的中国历史上最大的封建暴君。

不能不说，这是与专制决裂的誓言，这是讨伐暴君的檄文。不管这是录自于一个部下之笔，还是发自于一个奸佞之心，它的英雄气概和对历史的洞察，都大大地超越了一切同时代的叛逆者。而毛泽东居然公布了这份暗杀的密谋，他以为人民将站在他这一边；可是这些阴谋的言辞，激起了一场举国的思想解放。

人人都应该记得，《纪要》给叛逆们带来的幸灾乐祸的激动，连愚钝的保皇奴婢们也觉察到皇廷梁柱的断裂，「林副主席亲自指挥的」的中国人民解放军无地自容，而囚徒们开始走出牢笼，尴尬的毛泽东招回了邓小平，周恩来则嚎啕痛哭……。这是中国共产党空前难堪的时刻，从此流言四起的中国，开始了新的社会躁动。

林彪「自我爆炸」的最大受益者是邓小平，他长林彪三岁，长征路上毛泽东曾经训斥林彪「你还是个娃娃」，邓小平和林彪落在毛泽东、张国焘、周恩来、朱德这群核心中，当然只能算是「小字辈」；但以与毛泽东的私交和果断干练，他们都无人可及。毛泽东所赐予的宠辱，难说不会构结两人的「瑜亮情结」。邓小平说的「林彪不死，天理难容」，倒是他见到隧道尽头亮光的喜悦；可是他一复出，又操之过急……

楚人林彪，是一个剑客。他知道自己的份量，更明白战略实施的难度；而投奔交恶的苏修，等于把剑头刺入毛泽东的胸口。尽管，剑折断在蒙古的荒漠，毛却被他的死讯击得精神崩溃，几乎与他同归于尽；事后，他一定后悔把事情搞得太过火。五年过后，毛泽东打发温顺的周恩来先行离世，天安门前燃起了精神暴乱的烈火；是年秋，在林彪领唱的「秦皇的时代，一去不复返」楚歌声中，湘人毛泽东结束了他罪恶的生命。

善良人的思想，很难相容林彪既「英雄」又「奸佞」的两面人格。曾有追求理想的功勋的他，本没有必要去扮演帝王的谄媚之徒。但我们这个「不厌诈」的民族的最不诚实的领袖，把他推上了「党性」的最高峰。然而，在反复无常的党内斗争中，即便是奸佞，也无以「从一而终」。

按理，学术是要把问题「搞清楚」；而之于局外人都能看得清楚的问题，连自己母亲都已经说明白的事情，为

秦皇的时代一去不复返（1976年四月五日）

什么对身为历史学家的女儿，反而倒成了「谜」呢？点明了说，就是吴金秋女士还有「体制内思维」残余，不敢面对林彪企图杀毛的「大逆不道」。倘若吴女士仍兼承乃父对毛泽东的敬畏之心，和对林彪的知遇之情，那末事情就永远也说不清了。

二〇〇四年九月六日

香港《开放杂志》十月号首选文章

附录：《五七一工程纪要・实施》

「九・二」后，政局不稳，统治集团内部矛盾尖锐，右派势力抬头军队受压。

十多年来，国民经济停滞不前。群众和基层干部、部队中下干部实际生活水准下降，不满情绪日益增长。敢怒不敢言。甚至不敢怒不敢言。

统治集团内部上层很腐败、昏庸无能，众叛亲离。

（一）一场政治危机正在酝酿

（二）夺权正在进行

（三）对方目标在改变接班人

（四）中国正在进行一场逐渐地和平演变式的政变

（五）这种政变形式是他们惯用手法

（六）他们「故伎重演」

（七）政变正朝着有利于笔杆子，而不利于枪杆子方向发展

（八）因此，我们要以暴力革命的突变来阻止和平演变式的反革命渐变。反之，如果我们不用「五七一」工程阻止和平演变，一旦他们得逞，不知有多少人头落地，中国革命不知要推迟多少年。

（九）一场新的夺权斗争势不可免，我们不掌握革命领导权，领导权将落在别人头上

我方力量

经过几年准备，在思想上、组织上、军事上的水准都有相当提高。具有一定的思想和物质基础。

在全国，只有我们这支力量正在崛起，蒸蒸日上，朝气勃勃。

革命的领导权落在谁的头上，未来政权就落在谁的头上，在中国未来这场政治革命中，我们「舰队」采取什么态度？

取得了革命领导权就取得了未来的政权。

革命领导权历史地落在我们舰队头上。

和国外「五七一工程」相比，我们的准备和力量比他们充分得多、成功的把握性大得多。

和十月革命相比，我们比当时苏维埃力量也不算小。

地理回旋余地大，空军机动能力强。比较起来，空军搞「五七一」比较容易得到全国政权，军区搞地方割据。

两种可能性：夺取全国政权，割据局面

必要性

B-52〈注：毛泽东的代称〉好景不常，急不可待地要在近几年内安排后事。对我们不放心。与其束手被擒，不如破釜沉舟。

在政治上后发制人，军事行动上先发制人。

我国社会主义制度正在受到严重威胁，

笔杆子托派集团正在任意篡改、歪曲马列主义，为他们私利服务。

他们用假革命的词藻代替马列主义，用来欺骗和蒙蔽中国人民的思想。

当前他们的继续革命论实质是托洛茨基的不断革命论，他们的革命对象实际是中国人民，而首当其冲的是军队和与他们持不同意见的人。

他们的社会主义实质是社会法西斯主义。

他们把中国的国家机器变成一种互相残杀，互相倾轧的绞肉机。

把党和国家政治变成封建专制独裁式的家长制生活。

当然，我们不否定他在统一中国的历史作用，正因为如此，我们革命者在历史上曾给过他应有的地位和支持。

但是现在他滥用中国人民给其信任和地位，历史地走向反面实际上他已成了当代的秦始皇，为了向中国人民负责，向中国历史负责，我们的等待和忍耐是有限度的！

他不是一个真正的马列主义者，而是一个行孔孟之道借马列主义之皮、执秦始皇之法的中国历史上最大的封建暴君。

時機

敌我双方骑虎难下。

日前表面上的暂时平衡维持不久，矛盾的平衡是暂时的相对的不平衡是绝对的。

是一场你死我活的斗争！（只要他们上台，我们就要下台，进监狱。卫戍区。）或者我们把他吃掉，或者他们把我们吃掉。

戰略種時機：

一种我们准备好了，能吃掉他们的时候；

一种是发现敌人张开嘴巴要把我们吃掉时候，我们受到严重危险的时候；这时不管准备和没准备好，也要破釜沉舟。

戰術上時機和手段

B-52在我手中，敌主力舰〈注：指江青等〉均在我手心之中。

属于自投罗网式

利用上层集会一网打尽

先斩爪牙，既成事实，迫B-52就范，

逼宫形式

利用特种手段如毒气、细菌武器、轰炸、五四三〈注：一种武器的代号〉、车祸、暗杀、

绑架、城市遊击小分队

政治辅导员胡锦涛

胡锦涛先生总算亮过相了，他先去新、马两个友好小国热身，然后再到美国试脚。美国政府与中国的老百姓一样，对这位六十岁的「接班人」知道得太少了，因此各级僚属都出面招待。几年前朱鎔基的访问，敏捷的应对叫美国民众大开了眼界；还记得江泽民在哈佛大学的演说时，破约回答问题，有人问他对门外藏独人士的喧嚣有何感想，他说一则见识了美国的民主，二则必须把自己的声音提得更高一些，结果竟博得了满堂彩。胡先生既无锋芒，又无急智，他的女性化色彩的作风，与江、朱二位的强烈的表现欲相比，实在相去太远了。

胡锦涛先生自准备接班以来就谨言慎行，因此人们很难了解他的政见和方略，只有那张不见老的脸和式样很好的一头乌发，经常露面；以至于有人一触及到他这多年的隐忍，他立即很抱屈地回答「这对我来说是不公平的」，他显然意识到这不是一种体面或荣誉。言外之意，他工作很努力，只是不透明的政治将明星的灿烂遮蔽了；然而，最委屈的还应该是中国人民，他们对即将「君临天下」的胡锦涛先生居然一无所知。因此也就难怪《华盛顿邮报》认为，这显示中国还要走多么漫长的路，才能成为一个现代国家或民主国家。

美国外交协会的中国问题专家艾科米说，华府对胡锦涛的了解程度和其未到访前差不多。

他感到失望的是，胡的演讲不够幽默，不了解如何吸引美国听众。「胡锦涛对听众的回应最好快些、简短些，而且要能说到重点」。有分析人士认为，胡锦涛温和的措词可以使华府强硬派更大胆；也可能对温和派有鼓励作用。总之，他的弱势形象，既可交友，也可欺侮。而他那没有弹性的步伐，效颦的毛式挥手，四平八稳的照本宣科，来了也等于没有来，早知如此了，还不如让FedEx送一套预制录像，在PBS上放放就够了。

其实，胡先生本来就没有图什么成果，只求不犯什么错误。对于憋了这多年的他，天快亮了再尿炕，实在是太划不来了。然而，一个大国接班领袖的如此缺乏安全感的谨慎表演，一定让期待他有所作为的人们，早泄了阳刚之气；但对京城里的公婆来说，胡先生缴了一分乖宝宝的卷。从历练和气度来看，痴长的他简直比普京落差了一辈。平庸的成功，固然有运气的成分；然而，也是有中国特色的逆向选择中的适者生存。

算起来，胡锦涛先生还小我五个月，都该是一九四二年生的「千里马」。据说在清华大学学水利的他，并不很出色，一定是因为循规蹈矩，早早就入了党，还做了政治辅导员，当年还是舞蹈队长。我想蒋部长南翔先生也未必知道他，否则也就不会被分配到偏远的刘家峡；但在那里他又偏偏遇到了「伯乐」宋平先生，从此平步青云，先后在甘肃和西藏当地方官；最后又碰上了学生闹事，小平同志启用新人，小胡同志就在北京城里耐心候补了。

祖籍皖南绩溪的胡锦涛，生在上海，长在泰州，出于一个平常商家。如今他即将出头，因此有人就在他和亲美名人胡适之间，攀出了点风马牛的宗族关系；其实，绩溪还出过一个红顶商人胡雪岩。要是严谨的宋平先生早知道徽州（治绩溪）胡姓如此「复杂」，少不了会怀疑胡锦涛有「卖国」和「贪腐」的「阶级根源」。说来共产党的「组织工作」都是些「黑箱作业」；既然事事机密，别人也就只能瞎朦乱撰了。

在胡锦涛大学时代的履历里，只留下一条他做过政治辅导员蛛丝马迹。那是六十年代初为「阶级斗争要年年抓，月月抓」的恐怖路线，设立的一种监视学生思想行为的卑微工作，它是那些巴结的积极分子毕业留校的专差；而对那些自来红的干部子弟来说，又是不屑去一做的。那时，全国每所大专院校里都豢养了一大批这种人，向青年学生操刀的，就是这帮学而不专且心术不正的小人。今天，他们都是些年纪过了六十，毕生为牟私利而不学无术，却该扪心自愧的校园废人。

一九六五年，我于华东师范大学毕业前，因诸多「反动言论」被批判斗争了一通，最后在一位杜姓政治辅导员督导下写检查，足足费了我半年的青春时光；只是毕业大限到了，才将我发落到四川一个县城去教书。临走前，一位罗姓的政治辅导员明知我「落水」，可是还要在大庭广众之下奚落我：「朱学渊，你可以去考考研究生嘛。」这些无时不刻的侮慢和训斥，使得我对政治辅导员耿耿于心。我幸得早一年出门，在「文化大革命」中，同级留校的政治辅导员，不少是血债累累的打手，几乎与辽宁「张志新案」齐名的上海「王申酉案」，就是他们一手制造的。

据说，普天之下惟清华大学与众不同，蒋南翔先生提拔了许多「双肩挑」的学生，读书之余兼任政治辅导员，每月还发可观的津贴，其中有人还能省出钱来买辆奢侈的自行车。今天中国共产党的政治核心中会形成一个势力庞大的清华帮，或许就是源自于这令人趋骛的物质利诱。蒋南翔先生在五十年代打得了一批学有专精的「右派分子」；六十年代却造就了一批青年机会主义者，他的这笔「政治津贴」，竟功不可没地为中国的共产主义埋伏了一代领袖。

关于权力的继承，中国的问题实在太多了。远的不说，自从西太后垂帘，满清皇朝就出了问题，亲生的同治皇帝一死，她就定了妹生的光绪继任，而这个外甥又想做点事情，于是就被禁闭到死。共产党的笑话就更多，共产主义本来是一种西方革命思维，可是它的领袖天天也操烦着帝王的身后事，他们无非是要「选拔」一个听话的，而天下又听他的「接班人」。

选拔接班人，实在是一桩很钻牛角尖的事情，自从毛泽东栽在林彪的手里，又立了一个「不蠢」的华国锋；等到他自己「百年」结束，元老叶剑英就指点华国锋和汪东兴收拾了「四人帮」，而邓小平也就从阴沟里爬出来了，「彼可取而代之」，只年把功夫，就叫「英明领袖」卷铺盖走路。毛泽东的「永不变色」的苦心，则是陪了夫人又折兵。

邓小平在「接班人」的问题上，也没少受罪。只怪他一时气量小，又听了小人谗言，处置胡耀邦惹出大祸，罢免赵紫阳又丢尽颜面；他本来属意李瑞环做替补，但有其他老人喜欢江泽民，他就心灰意懒，好坏由他了。后来他对江泽民也不甚满意，只是「胡赵之鉴」不远，才由小女扶着去「九二南巡」，这吓着了聪明的江泽民，从此跟紧了。

共产党选接班人难，做接班人就更难，搞不好还有杀身之祸，少则牢狱之灾。因此，江泽民早早地就采取了措施，他趁小平同志在世，就将出言不逊的陈希同关进了大狱，还将自恃与邓小平有「通家之好」的军委秘书长杨白冰赶出了核心，就此邓、杨两家翻脸绝交。然而，这种「山有虎」的事情诱惑实在太大，莫说本无锋芒的林彪要「折戟沉沙」；一个区区政治辅导员熬上十年，一趟「虎山行」，当然是在所不惜的。

胡锦涛能成为未来领袖，可能与邓小平没有多大的关系；大概是谨小的宋平先生，推荐了一个慎微的锦涛同志，「老同志们」看着不错，就「为民作主」了。说来毛泽东、邓小平看人，都是看一个错一个，谁又能把人一下看对了？再说宋先生长期主持组织工作，从中央到地方却出了那多的贪官腐吏，他是否真识「千里马」，也令人质疑。

去年，胡锦涛在巴黎遇见林希翎女士[1]，她说「我还活着哩」，胡锦涛说「为什么要这样

---

1 **林希翎**，真名程海果（1935-2009），浙江温岭人。一九四九年入温岭中学高中部，同年参军，一九五三年保送入中国人民大学法律系。一九五五年作文投寄《文艺报》，受文化官僚林默涵、名人李希凡、蓝翎欣赏而发表，自此以「林希翎」为笔名。不料此文遭《中国青年报》题为「灵魂深处长着的脓疮」的署名文章批判，并配以丑化形象的漫画。为此，林希翎发表《一个青年公民的控诉书》，受人民大学校长吴玉章和共青团中央书记胡耀邦的肯定与支持，被胡耀邦誉为「最勇敢最有才华的女青年」。《中国青年报》向林希翎赔礼道歉承认错误。一九五七年开始「大鸣大放」，二十二岁的林希翎从五月二十三日至六月十三日，在北大、人大演讲六次，就民主、法制、胡风案等问题发表尖锐意见，惊世骇俗一鸣惊人，被《人民日报》点名为「反党急先锋」，由毛泽东亲定为「右派」。一九七三年毛泽东向时为北京市委书记的吴德问起林「在哪里工作，好不好？」经吴德了解后才知道已判刑入狱。毛泽东指示：立即释放，安排工作。一九七五年，邓小平复出，林上访被公安遣返。一九七九年，林希翎再度上书邓小平，同年第四次全国文艺工作者代表大会特邀林希翎参加。随后林希翎一度调人民文学出版社。不久又被清除出北京，回浙江金华文联。一九八九年后流亡法国。

说，你应该活得更好」。这几句慰籍的话竟使我觉得，要让一个政治辅导员去背毛泽东的十字架，或许是不公正的；但是，作为接班人的胡锦涛先生，只向作恶的历史说些事过境迁的客气话，是很不够的，他至少应该向饱经灾难的人民宣导从善的方略。中国人民期待的已经不是一位生死由天的善人，而是一种长治久安的制度；当年胡耀邦热情奔放是为共产党取信于民，今天胡锦涛的谨言慎行只为自己获得权力，他确实是个机会主义者。

问题是，胡锦涛又能有多大的权力？拿毛泽东、邓小平、江泽民三代人比较，他们的权威约呈几何级数递减；强势的邓小平或许还有毛泽东的十分之一的威风；而拘谨的胡锦涛的魅力，可能连外向的江泽民、朱鎔基、李瑞环的十分之一都不及了。另一个问题是，胡锦涛有没有能力运用这点权力？在这个多事的强权主导的世界里，「韬光养晦」和「丧权辱国」仅一步之遥；机会主义者的谨慎，很可能被强人指为怯懦，并迅速导致政治核心中的强替弱汰。

与威权递减的现象相反，民主制度国家的代代领袖都是民选的强势人物，这就是它们国力历久不衰的根本；英美诸国即是例证。今天人们都在嘲笑俄国的苦状，而貌似强大的前苏联恰恰崩溃在「威权递减」之中；而今天实行了民主制度的俄国，经几代精明人物的有效操作，必将重登强国之坛，而叫那些短见的人们刮目相看。中国的政治领袖莫为一时国力提升有傲意；一个不要民主的民族，永远是无人尊重的愚种，任凭它是个「常任理事国」。

即将传给锦涛同志的既是一把权力，又是一泡烂污，贪腐、失业、人口、台湾都是问题中的问题。人口和失业只能让时间去消磨；台湾却牵动民心，失手就要复舟；而贪腐之事，日日糟蹋着共产党本已不良的名誉，实在再紧迫不过了。去年政府派人去加拿大引渡要犯赖昌星，结果他在外国法庭上一步一个脚印地落入了律师的陷阱，犯人没有抓回来，还调侃自己「学到了许多的东西」。说来，中国要杀尽贪官，与美国要消灭光恐怖分子一样的不智。这些问题的解决，还要靠除根的大略。

专制是贪腐的症结，药方自然是共产党最忌讳的「多党民主」；最近江泽民先生提出「三个代表」和「资本家入党」的主张，虽不离一党之原宗，但不能说没有多容的新意。人曰「党同伐异」，政党本是「同志」的团体，有「异志」才会分党派；代表「全民利益」的党，必是「天下同志」的空想，弄不好就是「本党分裂」和「多党开始」。等大权传到小胡手里，这些统统是大难题；怯懦的他，如何办得这般大事体？

中国的领袖在一班一班地换，改革好似在一步一步地走，但实行民主根本大计，却象一只皮球在场子里传来传去，终不见有好手投篮得分。打球还有二十四秒不出手，就得让球的规矩；中国的政治却没有比赛的对手，所以只管一代一代地把问题「倒」下去，磨尽了苦难的五十年，还有一个新世纪。据说胡锦涛在美国私下表示，他也知道须行民主制度，但目前还不是时候。这无非表明在他未来主政的时代，民主不会到来，而腐败仍将继续下去。

胡锦涛先生的这番预演，实在太令爱国的人们失望。他那太平绅士的落伍形象，真叫人怀疑「伯乐」的眼光，和「中南海托儿所」的教育品质。这是没有激情的十年表演的最后一幕，而他又演得太隐忍、太伪装。他肯定不是那个有真性情的胡耀邦；莫非他是又一个假谦恭的活王莽？如果他什么都不是的话，谨防清道夫将他扫出党中央。

或许，胡锦涛的局面要比这好一些，江泽民、朱鎔基、李瑞环们未必欣赏他那无喜无怒的性格；可是再把一个接班人赶下台，岂不又制造了一场笑话。可以设想，胡锦涛将在「老同志」的「指导下」，继续他「识相」的政治生涯；今年已经六十岁的他，将在高位上很快地衰老。作为当年的一个青年机会主义者，今天他一定在祈祷：中国再有十年的稳定，好让他安稳地把皮球再传给下面一代。

二〇〇二年五月十九日

谨慎的胡锦涛和率性的江泽民

「第四代领袖」从何着手？

中国共产党已经整整活了八十一个年头，它的「十六大」也总算结束了。这个党打天下花了二十八年，却一屁股坐天下坐了五十三年。打天下的年头，牺牲了许多同志的头颅，坐天下时却又毫不珍惜他们的鲜血。第一代领袖毛泽东把四千年的古国治得一贫如洗，饿死了几千万百姓不说，还谋害了无数的社会忠良。第二代领袖邓小平也是个专制帝王，他搞了「改革开放」，让中国社会回归小康，但又在天安门前杀人放火。政治在邓小平手里毫无长进，一党专制依然如故。

毛、邓在共产党里的领袖地位都是自我奋斗的结果，毛泽东有长于武装斗争的谋略，邓小平有敢于拨乱反正的担当。但是他们为护身后的名不停地「培养接班人」，也都为这算不尽的机关栽了大跟斗。邓小平更有甚者，生前就安排了两代继承人。这次「以江泽民同志为核心的党中央」统统下台，换上了一批新面孔。而江泽民没有毛邓的魅力，定「接班人」的事也可能从此划上了句号；在这重意义上说，中共的「十六大」可能是毛邓时代的终结。

说来「培养接班人」就如封建帝王选太子，愈选就愈不成气候，到头来自我奋斗成功的朱元璋的天下，落到了庸懦怕事的万历帝手中，大明朝的气数也就断送了。今天中共走的还是关门选皇帝的老路，不过资讯技术的时代，已容不得它花两百年时间去悟道理，这些共产党温室中养就的「乖宝宝」们，很快就会经历一次再淘汰，或者干脆在内斗中被架空。而贾庆林黄菊这样一些有争议人物的入座，犹如清汤里点了老鼠屎，百姓们的闲话就更多了。

「十六大」也开得很不得体，就像是给江泽民的「政治生命」开了一场追悼会。中国人对逝去的一代，会说上些隐恶扬善的话；不过这次江泽民的「丧事」却从头到尾由他自己操办，溢美之辞都由他自己来说了；说的还不止是「十五大」以来的事情，连他在位的十三年也统统搭了上去。那「政治报告」由他做是不错；可是新的中央一旦选出，再由他来「闭幕讲话」，就不成体统。若任了他的兴致，还非唱一曲《我的太阳》不肯甘休。而胡锦涛竟象个无声的人物，面无表情地呆坐在那里，我真想请他吃几颗「伟哥」，为黄袍加身而有点激动。

有人说江泽民少一点「儒格」，其实是说他有好表现自己的个性，中国知识分子很少有开放的个性，在中共领袖中就更少了，其实美国人是比较喜欢他的开朗性格的。这次他来美国访问，小布希总统让父亲招待了他两天多，是恰如其分的美国「退休干部」接待中国「离休干部」；据说江泽民提出还要多谈一天，但美方没用接受。

江泽民还要有思想准备，等到被人礼送去上海养老，北京桌上的茶也就凉了。世态炎凉的滋味迟早会尝到，胡锦涛这样的「忠厚人」，或许还不时有个电话，有些小人就难免「无事无人」了。若果新常委们说「没事来坐坐」，也莫要当真，就如儿孙谈恋爱，不要插在里面当不识相的「电灯泡」。

江泽民给「第四代领袖」的政治遗产是什么呢？当然是那个「三个代表」。其中「代表先进文化」和「代表广大人民群众」，都是不着边际的空话；惟「代表先进生产力发展的要求」，还有点分寸。共产党掌握了权力半世纪多，连人民的温饱都解决不了，在这个世界上是没脸去「代表先进生产力」的，于是才拖了一条「发展的要求」的遮羞尾巴，当然这也是让「第四代领袖」可以随机应变去走资本主义道路。

天下用人，最怕的是用了「眼里没活」的笨人。莫说是大学里聘教授，家里请保姆，也都是一般的道理。有人读破「万卷书」，学问却不知道往哪里做。毛泽东打天下会成功，就是用了一帮干练之人，文一口武一口，就把国民党吃得两手空空。当年华国锋说「照既定的方针办」，我就知道他要垮台。胡锦涛和温家宝们今后的玉成石败，也就看谁能找到解决问题的切入点。

中国该做的事情太多，不怕看不到，只怕不敢做。共产党今后最头疼的是什么呢？当然是所谓「敌对势力」的问题。这些「敌对势力」是从何而来的呢？还不是肇于「反自由化」的那场胡闹和邓小平没把「六四」处理好，以至才将地富反坏右一风吹掉，又凭空树敌岂止几十万。这回「十六大」上有香港记者问北大校长「六四」问题，这位「党代表」顾左右而言他「这是一个很复杂的问题」，还说什么学生受了「教训」，党得到了「锻炼」。当然，学生们是受了子弹的教训，共产党也受够了世界舆论审判。

今天共产党的政治形势，远不如毛泽东死后的八十年代好。那时邓小平任用胡耀邦主持

「平反」工作，把历次政治运动的「成果」一笔勾销，社会如释重负，饭虽然没有吃饱，阶级斗争却一了百了。而今天的问题又怎么办呢？靠发展经济就能叫百姓忘得了？他们吃饱喝足了还是要骂共产党。世界上没有一个国家，一个政党，会把自己的弦绷得这么紧。天下有那么多的「敌人」，出门都没颜面。而这些「敌人」都是邓太宗「小平同志」自己树的，后人与他们和解又如何向「老祖宗」交代？如果牛角尖钻到这份上，也就当定华国锋无疑了。

许多人以为中国的问题莫大于「贪污腐败」，即共产党的「监守自盗」了。其实那是因为共产党树了太多的「假想敌」，就不断地强化专制、钳制舆论，绝对权力内部的贪腐也就愈演愈烈了。那个赖昌星不就是国家安全部的人吗？他还是党国要人王汉斌、彭佩云夫妇家中的座上宾。有愈多的赖昌星，共产党就愈「安全」；愈「安全」就愈腐败了。我们姑且不谈多党制的问题，在国内重新造就一个宽松的政治气氛，至少可以少倚赖几个赖昌星，多利于抑制绝对的权力和绝对的腐败。

至于如何化解这些「敌对势力」，就取决于「第四代领袖」们的政治运作了。今天连脑满肠肥的阔佬都可以登堂入室当「党代表」，却不让刘宾雁、郭罗基、苏绍智这些老马克思主义者回国，难道流放有异见的自己人，也是代表了「先进的文化」？连大陆的百姓，本党的同志都容不了，何从谈起隔海招手，呼唤台湾同胞？

那些不会「四两拨千斤」（或曰「举重若轻」）的人，就象家里的笨保姆，你叫她炒「鱼香肉丝」，她当真会去买鱼炒肉丝，却不知糖、醋、生姜也会生鱼香。或许他们还会担心；这些人回来造反怎么办？那我只能说：如果你们还没有商量问题的智慧，就请多进口一点橡皮子弹了。

这叫我回忆起多年前看过的一部感人的西班牙电影，讲的是美国名校伯克莱大学的一个教授，一个三十年代逃亡的革命青年，在独裁者佛郎哥死后回到了祖国，见到了在战场上失散的情人，此时俊男美女都已经是白发老人，青春已经不能还原了。原来在西班牙也发生过世代的交替，佛郎哥培养的皇室嗣人卡罗斯王子，在他即位后实行了政治改革和民族和解，宽松的政治导致了经济的飞速提升，而卡罗斯王子也成为了西班牙全国爱戴的人物。

邓小平本来是很可以成为这样一个人物的，但军人的铁石心肠毁了他的身后名。江泽民在位十三年，受老人们过多的制肘，使他没有更多的机会。而「第四代领袖」应该走出了毛泽东、邓小平的阴影；然而，谁有主导民族和解的良知？谁能在中国历史上留下「万世名」？我们只能拭目以待了。

二〇〇二年十一月二十二日

梦多塔记

——周策纵先生逝世周年祭

旅美中国学者兼诗人周策纵（字幼琴）教授，二〇〇七年五月七日下午六时于加州伯克利市阿巴尼镇寓所去世，享年九十一岁。三月间我与内人曾去拜望，他已经处于弥留状态，周夫人吴南华博士告诉我，先生的脑部功能已经不可能恢复。六月去洛杉矶参加「反右五十年讨论会」的时候，听蒙特利公园常青书店主事女士说，策纵先生已经于一个月前去世。我无幸是他的学生，但在他失忆前的最后岁月，有幸成为他的一个忘年的知心朋友，他的去世引起我极大的哀伤。

二〇〇二年六月一日，我去纽约参加司马璐先生召集，周策纵先生主讲的「胡适讨论会」，那天我随手带了一册《胡适杂忆》，策纵先生会间休息时下席来坐在我的身边，见到这本《杂忆》就翻了起来，他侧身对我说：「序是我写的，这次出大陆版，唐德刚分了几十元稿费给我，今天还是第一次见到书。」我平时读书是翻到哪里读到哪里，根本就不读序，于是觉得非常尴尬，会间赶紧读了这篇序文，竟是一篇绝妙的文章。就这样，我认识了周策纵先生。

策纵先生是德刚先生的挚友，第二天我随司马、策纵等先生往访唐府，唐先生四月间中风

晚年周策纵

脑部受损，起头连老朋友也不认识了，开门时竟问策纵先生：「你找哪一位？」然而入座后就记忆恢复，妙语风生了，唐夫人吴昭文女士很高兴，说交谈有助病人康复。策纵先生从进门始，就谦谦地坐在一旁，面带欣赏的微笑，不时还被德刚先生的连篇趣言逗得扑哧喷笑，两个老朋友就象一对濡沫的兄弟。

那年二月，北京中华书局出版了拙着《中国北方诸族的源流》，我准备在台湾出一个繁体本，本想请唐先生作一篇序，但见到唐先生的状况，就没有启口，回来的路上把书稿给了策纵先生，他在车上就读了起来……这一读，勾起了他的许多想法，耗去四个月时间把「原族——中国北方诸族的源流序」作就，发表在北京《读书》和台湾《历史月刊》上。我认识他以后的两年中，他寄给我许多诗作和论文，还经常与我通电话，但不久后他的记忆开始衰退，而且病情发展得很快。因此「原族」就成了他最后一篇有影响的学术文字。

一九一六年一月七日，策纵先生出生于湖南祁阳竹山湾的一个士绅家庭，乃父周鹏翥早年留学日本，后参加辛亥革命，一九一三年「二次革命」时入幕讨袁军，失败后逃亡日本，后来回乡主持达孝中学（今祁东一中），诗文名重三湘。策纵先生说他的父亲对甲骨文很有研究，甲骨文是十九、二十世纪相交时代的考古新发现，只有那些旧学深厚，而思想新锐的人物才对其有关注、有建树。

陶铸也是祁阳人，少年时在家乡当过小学教员，策纵先生说陶铸与他父亲熟识。陶铸为人很坦白真诚，在中共党内地位很高，长期主持中南五省的工作，而且与毛泽东的私人关系特别好。可是他的父执辈朋友周鹏翥，却在一九五二年被祁阳地方从广西桂林抓回老家，由乡间的土改积极分子拍板「就地正法」，一个辛亥老人就这样被「无绅不劣」的意识形态草菅了；而陶铸本人也因为开罪了江青，在不到二十年后的「文革」年间，从政治的巅峰上坠落而死。中国的精英和志士，就这样一茬一茬地被剿灭或自噬了。

策纵先生和小他五岁的弟弟策横，都毕业于中央政治学校，那是一所为国民政府培养党务和行政人才的学府，课程设置与大学文科一样，教授阵营也非常杰出，因此也叫「政大」。政大学生在校不愁衣食，毕业不愁失业，因此也为窘困而优秀的流亡学生趋骛。马英九的父亲马鹤龄是低策纵先生一班的同学，又是湖南同乡，因此非常要好，马英九结婚时还给他发了请柬。要是策纵先生活到今年的话，马英九当选台湾中华民国总统一定会令他很高兴。

策纵先生一九四二年从政大行政系毕业后的几年，现在外间的说法是：「曾先后主编《新认识月刊》、《市政月刊》、《新批评》等刊物，并一度供职于重庆市政府。一九四五年始，任国民政府主席侍从室编审（秘书），与陈布雷、陶希圣、徐复观等闻人共事。蒋介石当时的一些重要文稿不少出自周策纵的手笔，如台湾『二二八』事变后的《告台湾同胞书》就是由周所执笔的。」（见《维基百科》）

然而，策纵先生告诉我，一次军委会上蒋介石点名林彪分析国际形势，他也在场，林彪的发言给他留下了深刻印象。查林彪是于一九四二年二月从莫斯科回到延安，是年十月至次年三月在重庆与周恩来合作从事统战，并蒙蒋介石多次召见（见丁凯文主编《百年林彪》，明镜出版社）。可见一九四五年前策纵先生名义上是在重庆市府供职，实际参与中枢工作。而《新认识》是政大校刊，《市政月刊》是重庆市府的门面，主编刊物只是他的兼职而已。

策纵先生曾经赠我一册《周姓史话》（江西人民出版社），内中有古今中外周姓名人如周瑜、周恩来、鲁迅、韩素音（原姓周），及至周策纵的小传，在他「一九四八年初赴美……」一段文字前面，他在页边插叙「删去我于一九四五至一九四八年为蒋介石工作的三年」。那就是陈果夫、陈布雷荐他任国民政府主席侍

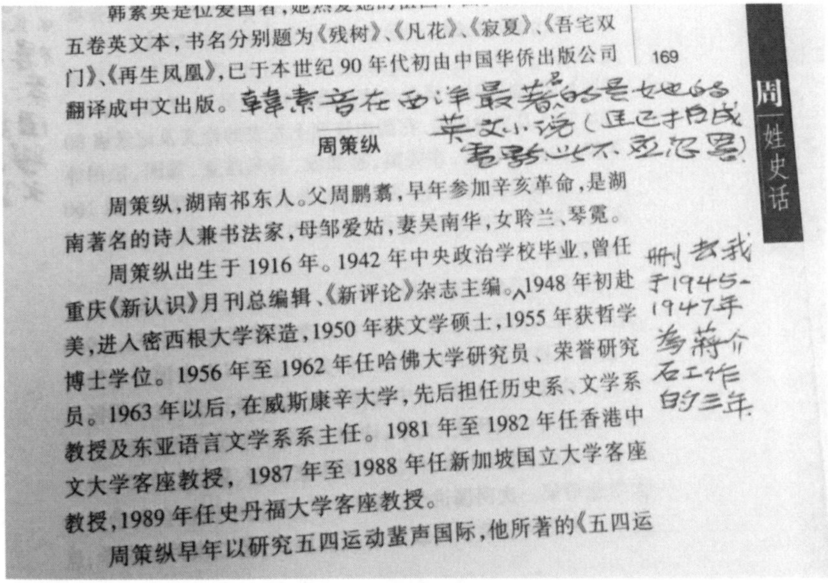

韩素英是位爱国者，她
五卷英文本，书名分别题为《残树》、《凡花》、《寂夏》、《吾宅双
门》、《再生凤凰》，已于本世纪 90 年代初由中国华侨出版公司
翻译成中文出版。韓素音在西洋最著名的是她的英文小說（且已拍成電影此不應忽略）

周策纵

周策纵，湖南祁东人。父周鹏翥，早年参加辛亥革命，是湖南著名的诗人兼书法家，母邹爱姑，妻吴南华，女聆兰、琴霓。

周策纵出生于 1916 年。1942 年中央政治学校毕业，曾任重庆《新认识》月刊总编辑、《新评论》杂志主编。[删去我于1945-1947年為蔣介石工作的三年] 1948 年初赴美，进入密西根大学深造，1950 年获文学硕士，1955 年获哲学博士学位。1956 年至 1962 年任哈佛大学研究员、荣誉研究员。1963 年以后，在威斯康辛大学，先后担任历史系、文学系教授及东亚语言文学系系主任。1981 年至 1982 年任香港中文大学客座教授，1987 年至 1988 年任新加坡国立大学客座教授，1989 年任史丹福大学客座教授。

周策纵早年以研究五四运动蜚声国际，他所著的《五四运

169

周姓史话

周策纵手迹「删去我……为蒋介石工作的三年」

从室任编审的事情。他在蒋介石身边工作的正式名义，是从一九四五年开始的。

策纵先生告诉我，那时他还是单身，就住在总统府里为蒋介石起草文稿，他说蒋介石生活很简朴严谨，但为人比较固执，还说蒋的旧学功底也还不错，对王阳明的那套知行学说搞得很清楚。宋美龄的作风很美国派，对下属客气随和，没有专制作风，但生活却很奢侈，胜利前后人民生活困苦，她还用牛奶喂狗，因此他非常看不惯。

德刚先生告诉我，蒋介石宋美龄都很喜欢周策纵，但周策纵却不喜欢他们，而且对自己在蒋介石身边工作的经历不以为荣。有一次，策纵先生无意中与我谈到台湾的「三民书店」，他说「我原以为那是一家国民党办的出版社，因此什么书都不找它出，后来才知道它是专注学术的，实在是很大的误会」。从这个小小的「误会」中，可以看出他后来与国民党已经很生疏隔膜了。

南华女士说策纵先生在侍从室工作期间，曾经写了若干关于实行土地改革的建言，而腐败和内战形势争相愈下，蒋介石也不可能对他的建议有积极反应，于是他对国民党的前途非常失望，乃至决心辞职到美国来留学，鹏翥先生在家乡变卖了田产，分予纵横兄弟各黄金四条，自是希望他们统统远走，策横先生将自己的一份让给了手足。临行前策纵先生去陈布雷处道别，陈对他说了一些很悲观的话，希望他能留下来做一些挽救工作，而陈布雷自己也于同年十一月以死了断了对党国和领袖的忠诚。

一九四五至一九四八年是中国命运决战的时期，也是策纵先生最接近中国权力中心的时候，他对人说：「我跟蒋先生做秘书工作，有两年多的时间。那段时期，我有机会接触党、政、军、文化、学术各界的名人，还有各党各派的领导人物和外国人，如胡适、章士钊、毛泽东、周恩来、李宗仁、马歇尔等等。周恩来同蒋介石谈判，我就在场。有机会接触这些人物，能估量他们的本色、想法和能力，不能说对我日后的研究有直接帮助，但起码可以扩充我的观念。」

他还说：「从抗战胜利起，到第一次政治协商会议，到召开国民大会，通过宪法，改组政府，每次重要会议我都在场。于是，我逐渐认识到政治多么黑暗，派系如何纷争，党派何等瘫痪（我指的不只一个时代、一个政党），我如果继续工作下去，对国事决不会有太大的补救，自己的个性，也与官场不合。尤其重要的是，我认定当时中国的现代化和改革，只能从党和政府之外去推动，作为人类一分子和一个中国人，我必须争取独立思考，充实自我和完善自我。因此，『知迷途之未远』，我于民国三十六年（一九四七）考取自费留学，就决意辞职出国。起初辞职不准，后来我再三坚持，并推荐初中、高中、大学都是同学的唐振楚学长接替，一年后始成行。」（刘作忠「浮海着禁书——周策纵和《五四运动史》」）

蒋介石身边聚集了一批德才兼备的君子，陈布雷等是一代，周策纵们又是一代，然而代代都于国事无补救，可见中国的问题不是人格和学识的欠缺。而国民党里发生过的事情，后来又在共产党里重演。周策纵的地位或许很像毛泽东身边的青年田家英，然而周策纵可以一走了事，田家英却被吓得「畏罪自杀」，专制主义能在中国愈演愈惨烈，那就一定是制度或传统的问题了。

传统社会「士」是有独立人格的知识分子，「学而优则仕」则是读书人贴附权力的道路，毛泽东说知识分子是一个「皮之不存，毛将焉附」的群体，即以为中国没有独立于权力之外的读书人。但策纵先生不然，得到了别人求之不得的地位，又无所顾惜地放弃它；而且出了一个营垒，不进另一个营垒，他是「不仕的士」的范例。

策纵先生在美国进安娜堡的密茨根大学。德刚先生进的是哥伦比亚大学，在重庆读的是中央大学，然而德刚先生的老叔唐生高是策纵先生政大的同班，因此两人在重庆时就认识了。德刚先生说「湖南骡子」与「安徽老母鸡」言音不甚通，所以相闻声而不多相往来，但在纽约的一次亚洲学会上重遇后，策纵先生每到纽约，两人「时常在纽

唐德刚与张学良讨论其口述历史

约十八层高楼高谈阔论，一谈就不知东方既白」，成了莫逆知交。（《胡适杂忆》序）

德刚先生在重庆就有文名，来美国后与林语堂之女林太乙在哥大同学，于是就为林家父女办的《天风月刊》写文章，后来林语堂举家去了南洋，《天风》息影，一群「文渣诗孽」组织了一个「白马文艺社」。白马社出了许多名人，当年却有许多趣事，德刚先生说他曾经主张社内不能谈恋爱，但是清规戒律约束不了少年争情，青春烈火终于焚毁了这座象牙纸塔。

要说白马社是泛文艺团体，还不如说是一个青年诗社，导师兼招牌则是主张白话新诗的胡适之，他当时也流寓在纽约。胡适之虽然反对旧诗，对旧诗的品味却很高，他对这群文学青年的旧诗评语至多只是Acceptable（可接受）而已，内容则大多贬如「无病呻吟」或「陈言未去」，惟策纵先生是他心目中的够格诗才。

唐着《杂忆》说：「密茨根大学里的一批男女诗人，他（她）们多半以诗代信，尤其是多产作家，新旧一脚踢的大诗翁周策纵……笔者也偶尔附庸风雅『狗尾续貂』一番。江郎才尽之时……就只好相应不理，但是策纵穷寇必追，又说我们：『复信每如蜗步缓；论交略胜古人狂……』我们把这些诗拿给胡先生看，胡公莞尔，说周策纵可以做，你们可以多做做新诗。」

策纵先生生于一个湖南诗家，得益于诗韵和典故的庭训，在长沙高中读书时就有许多诗作在上海杂志上发表，诵有如「易地吴歌成楚谚，入江湘水过秦淮」这样的少年绝句。去国之前他已闻名南京上海诗坛，一九四八年三月「春鸟」诗友云集上海瘦西湖酒家为他送行，席间他赋有「春鸟」一诗，云：

春鸟危巢与共鸣，买琴一喻为弹筝。
言诗海上风骚激，羁旅江南草木惊。
偶挟疏狂寻饮者，蹇从忧患拾余生。
琼楼亦有伤怀事，况待鸾飘去国行。

诗人对国事败坏的无望和与友人离别的怀伤，于「危巢共鸣，忧患余生」间表露一尽。

那一代青年是在流亡中度过青春，周策纵从重庆辗转来到了美国，田家英则绕延安进了北京。然而，时局的变化和西方的艰辛统统甚于他们的估计。策纵先生来到美国的第二年，国民党就从大陆出走了，他暑假要去芝加哥的一家「好世界餐馆」当Bus Boy（无小费收入之搬盘碗工），这位忠厚的党国「文胆」竟受尽欺凌，一九四九年六月二十三日他写下一首打油的「留学歌」：

我来拜金国，金尽学无涯。
既拾老人履，又过屠夫胯。
苦工都做尽，灵药尚余「渣」。
天将降大任，我岂真傻瓜！

这之于田家英未来的苦境，拾拾「老人履」，过过「屠夫胯」实在是太大的幸运。然而左右两翼有识之士都无法在祖国生存，才是中华民族苦难的宿命。

朝鲜战争后，美国接受处置钱学森等人失误教训，开始挽留中国科技人才，但是文法科学者的处境依然艰难。此中固然有语言的障碍，种族的歧见，或文人的相轻，但「供过于求」也是实际的问题，胡适之和自命「脚踏中西文化」的林语堂都没有谋职的机会。蒋介石的亲信，周恩来的南开友人，普林斯顿的政治博士吴国桢，只能在一所南方地方学院里教教书。德刚先生有「胡适将哥大当北大，哥大不把胡适当胡适」的不平之言，吴国桢或许还有「天堂不把人才当人才」的郁结。客观地说，西方是把他们当作中国文化的代表，但这种文化本身落后了。

一九五四年，策纵先生在密西根获得博士学位后，费正清（John King Fairbank）聘他到哈佛东亚问题研究中心从事研究，共事的还有洪煨莲、杨联升等，年轻的余英时那时也在哈佛攻读博士，这些中西学者的「内识」和「外识」，将哈佛的汉学研究推上了颠峰。一九六〇年，也就是策纵先生在美国耕耘十二年后，哈佛大学出版了他的巨着*The May Fourth Movement: Intellectual Revolution in Modern China*（《五四运动史》），奠定了他的学术成就。

英文《五四运动史》前后发行了七版，罗素第二任夫人，西方着名的女权运动者Dora Black女士写给策纵先生的亲笔信，最能说明该书在西方世界的影响，信中说：「当我读你的书《五四运动史》时，我就立刻觉得必须写封信，并且设法寄达你，因为我要为你这书而感谢你。如你所知，我于一九二〇年和罗素一同访问中国，事后就和他结了婚。作为一个外国人，

罗素和夫人Dora Black

我当时未能知道中国正在进行的活动的详情，这些详情你在你书里是那么美妙地叙说了。但我自己也确感觉到那个时代和当时中国青年的精神与气氛。这种精神和气氛似乎穿透了我的皮肤，而且从那时起我就说过，我已从中国的那一年里吸收到了我的生命哲学。现在读到这全部历史故事，和那些参与者的一生、时代与活动，而一部分参与者，如胡适、梁启超和周恩来等，我又曾亲身会见过，这样读了真使我感觉非常痛快……我只希望目前英国能像当年中国青年的年轻一代，希望能有像蔡元培校长等人一样的大学首长，愿意支持他们的学生。最后，我必须恭维你在你的书中所表现的学问和研究。」

策纵先生在哈佛一共工作了九年，其间结识了在波士顿接受麻醉科专业训练的吴南华女士，南华女士生于一九一九年，原籍江西九江，毕业于成都华西大学医学院。南华女士与策纵先生结婚后继续行医，并育有两女聆兰和琴霓。一九六三年，策纵先生受聘担任威斯康辛大学东方语言系和历史系教授，是年四十七岁。次年迁家至Madison市，他将1101 Minton Road的寓所命名作「陌地生市民遁路之弃园」，事实上那是他和南华女士不离不弃的美满家园。

物极而返，闭国终有开门时，中美竟也有复好日。一九七二年南华女士就曾经先期取道加拿大返国探望年迈的父亲，还在北京见到了华西同学「毛泽东私人医生」李志绥。而等到一九七八年策纵才与南华女士带着聆兰和琴霓返国，见到的是一片学术的空白和委屈经年的故旧。他们先到南宁探望弟弟策横先生一家，又去了长沙九江，上了庐山，在北京还见到当年手书《世说新语》一

周策纵先生故居「弃园」

则为他送行的顾颉刚先生，颉刚先生附言：「策纵先生将渡重洋，譬如鹤之翔乎寥廓，广大之天地皆其轩翥之所及也。」三十一年远鹤终于归来，颉刚先生的欣喜可以想见，一九八〇年策纵先生再去北京，是年底颉刚先生就仙逝了。

策纵先生还结识了有同好的北大教授周汝昌先生，两人合誉「红学二周」，汝昌先生说：「策纵先生久居美国，为中外咸知的名教授，博学而多才，思深而文密，我曾称他是一位综合性学者，因为学兼中西，又通古今，比如他的代表论着是英文本的《五四运动》，而又覃研甲骨金文学，对中华古文化有独创的见解……他作七律诗极有精思新句，不落窠臼，然而也善于写白话新体诗，都有雅人深致而无时俗庸陋气。盖根柢厚，天赋高，又非常用功，精力充沛——我没见他在百端忙碌中有过一回露出倦容。所以学有成就，总非偶然之事。」

汝昌先生说策纵先生有巧思，一九八〇年夏国际《红楼梦》研讨会议在Madison市的Mondota湖边召开，策纵先生「向大家介绍，说会议为何单单在此召开——湖名已经显示了：它叫「梦多榻」！可知在此必善梦，亦善《梦》也！这方面，似乎颇有古人所赞的『锦心绣口』了」。策纵先生的「梦多榻」竟在异国「陌地生」，这巧思中有没有乡思，有没有惆怅？

策纵先生的才具远甚于巧思，对平庸人士美国常用clueless（无线索）一字相贬，策纵先生却有捕捉线索的过人天赋。「原族」一文以甲骨文「族」字是「旗下集箭」开篇，他以为突厥部落的「十箭」组织和女真民族以「牛录」（满语「箭」字）聚合「八旗」的社会结构，是与中原古文字结构一致的，他从而为「北方民族出自中原」找到了文字学的线索。

他提示我辨识甲骨族名的读音，他说郭沫若识别出甲骨「帚」字就是「妇」，是一个很了不起的发现，但许多甲骨氏族名中都有「帚」字，丁山对此很有研究，叫我也不妨想一想这个问题。当时他已经八十七岁了，后来我以u／hu／phu之音识别出一群含「帚」字的甲骨族名（帚好、帚妻、帚妹、帚妊、帚白、帚婡）时，可惜他已经开始失忆了。

一九九三年，山东邹平出土了四千年前刻有十一字的一块陶片，《明报月刊》先请甲骨大师饶宗颐先生作释，而策纵先生对饶先生的辩字、顺序都有不同见解，他读出的是「齐子以夏长河左（南）悤（聪）龟易（赐）望」，《明报月刊》连月刊出他的「四千年前中国的文史纪实」，宗颐先生有点不耐烦，忠厚的策纵先生竟然也以趣文调侃：「我竟违背时代潮流，以为『文化中国』的同胞，知识分子，怎好不普遍关心祖国发现了可能是最早的文字？……现在我真自觉大错了，连我的老朋友古文字学大家都读得厌烦，阻塞了他再做考证文字的兴致……。」

两位大师之异说，孰砖孰玉？我不必武断。但策纵先生做学问的热情，却与德刚先生形容他索诗如追穷寇一样的逼真。而我也有一次类似的经历，一日近午夜的时分，我已上床，他来电话对我说：「罗马公主向阿梯拉求婚一事的注解，有一句话不通……」过了几天，他就将对《中国北方诸族的源流》注解编列和若干修改意见寄来给我。是年我六十岁，已经有了一些得过且过的想法，然而八十六岁的他，依然求知不惰怠，汝昌先生说他「所以学有成就，总非偶然之事」，实在不是虚妄恭维之言。

我常寄一些网上文章给他，其中一篇是陈独秀去世前在四川江津境况，他读后非常感触：「那时我还很年轻，只知道陈独秀也在四川，但不知道他是如此凄凉，这样一个大人物，竟要在乡下受这般的欺负，实在太可怜了！对有骨气的人，政府实在是可以再客气一点的。」我也把自己写的一些时评和散文寄给他，他读后还把那篇〈南疆纪行〉送去给了威大图书馆收存。我对他说写这些文字很浪费时间，他说：「不必这样想，不浪费在这里，也会浪费在别处，要完全离开政治是不可能的。」

策纵先生是个忠厚正直的正人君子，他的诗词好、文章好，学问更好，少年时篮球也打得很好。才高者难免气盛，但他敏事讷言，谦虚谨慎。有这样的人品和学问，他一生受到过很多高人器重，然而他不仅知遇感恩，还乐于施惠后进，知其人者皆誉之「真君子」。

一九八二年秋，策纵先生作《拾哀诗》吊念师友，有小序云：「平生所识近代学人作家，或为前修，或为同辈，遇我特厚，期勉尤殷。二十年间，纷纷凋谢。按年屈指可计者，张君劢（1887-1969）、胡适之（1891-1962）、洪煨莲（1893-1980）、顾颉刚（1893-1980）、袁同礼（1897-1981）、蒋彝（1903-1977）、徐复观（1903-1982）、罗香林（1906-1978），凡得十人。爰作此篇，以志哀悼。」诗云：

问世人何少？秋花拾更哀。

移风铭翠柏，瘗笔润苍苔。
道丧薰莸杂，忧离庠序摧，
大招徒一绝，天地满寒灰。

二十世纪怀继往开来大志的优秀人物，当远不止上述「凡十人」。然而这人才济济的一百年，中国社会始于「移风」，却止于「道丧」，五十年沉渣泛起后的「薰莸」（香臭）不辩，和「庠序」（教育）败坏，则是策纵先生去世前二十五年预觉的局面。策纵先生的离世，标志着出自传统而走出传统的拼搏一代行将凋零一尽。中国历史上从来没有过这样不平庸的一代，他们在祖国无以施展，离乡背井后却大放异彩，这是他们的才具和苦难，也是中华民族的悲哀。

二〇〇八年六月二十三日夜

东北大学的人物踪迹

——也纪念臧启芳先生

教育家和经济学家臧启芳先生是中国早期的留美学者，他从一九三七年到一九四七年担任了东北大学校长，其中八年在四川三台渡过。这离乱的八年中国高等教育却很有成绩，那是因为中国有一批学贯中西的人才，专心于将中国教育与西方接轨。抗战期间西南联大总共毕业了二千名学生，东北大学在校学生也达八百名，因此东北大学是有规模而且有地位的学校，当时的教育部长陈立夫还说它是办得最好的大学。

西方语言里「大学」——University与Universal两字同根，内中就有「包容」的意思，先行者蔡元培靠「兼收并蓄」把「京师大学堂」改造成一所接近西方形态的学府。其实，西方社会形态的核心就是「宽容」，惟宽容能达至稳定，惟宽容能创意无穷。中国要变成稳定而有创造力的国家，就必须建立有制度保证的宽容。胡适之、梅贻琦、臧启芳、吴有训等人是中国西化的继行者，他们没有机会在中国主政，但是他们把持了几所大学，推行以宽容为核心的西化事业，

东北大学是张作霖、张学良父子初创的，他们是军阀，但是办学很有诚意，是放手让知识

分子当家做主的。臧启芳是东北地方不多的留美学生之一，他比张学良只大六、七岁，两人很早就认识，而且辅导过张学良读书，但是关系并不好，因此臧启芳就进关在苏北盐城当专员。而张学良好走极端，反共的时候杀了李大钊，亲共的时候又闹出了西安事变。西安事变后东北大学需要整顿，教育部派东北人臧启芳去当校长，当时教育部部长先是王世杰，后来是陈立夫。有人说臧启芳是CC，大概就是这层上下级关系。

臧启芳不认同共产党。六十年代我在四川一间县城中学教书，学校里有几位很有学养的川籍老教师，他们都是抗战期间在内迁大学里受的教育。东北大学毕业的屈义生老师还有一段「叛徒」历史，他是臧启芳亲自授业的学生，读书时参加了共产党，臧校长闻讯找他谈话说：「屈君，你很有才干，参

臧启芳（中穿黑衣者）与同僚

加这些过激活动非常可惜……」屈义生说他很崇拜臧启芳，因此接受了校长的劝告，毕业后臧启芳为他介绍了工作，还想把他带到东北去，但是屈义生拖家带眷没走成，留在家乡教书。

三台校园里的共产党活动很活跃，后来国民党的东北政要高惜冰2的儿子高而公就是一个非常左倾的学生，臧启芳是张作霖时代东北大学法学院院长，高惜冰是工学院院长，两人的关系极好，所以共产党组织的许多活动是由高而公出面领头，臧启芳对子侄辈的执迷不悟当然是很无奈的。后来高而公还去了解放区，成为共产党的新闻广播事业的一个积极而杰出的工作者，写有许多着名的报导，但是因为家庭成份而不得重用，一九六〇年又向党交心，批评三面

2 **高惜冰**，一八九四年生，辽宁省岫岩县人，曾入北京大学，一九二〇年毕业于清华大学，公派留美罗维尔理工学院，一九二三年获硕士学位，一九二六年起任东北大学教授，次年任工学院院长。曾聘黄侃、章士钊等几十位学界名人到东大任教或讲学。一九三〇年任察哈尔省教育厅厅长，「九一八」后在北平筹建东北青年教育救济处，一九三三年五月转任新疆省建设厅厅长；一九三六年任国民党南京政府铨叙部育才司司长，后任中棉公司常务董事；一九三七年出任国民政府大本营第四部轻工业组组长，负责供给军需物资，此后连续四届当选为国民政府参政员，为驻会（常任）委员。一九四六年十月，出任安东省政府主席。一九四七年改任东北政务委员会主任委员。一九四九年去台湾，被聘为台湾中国纺织建设公司董事。一九七三年迁居美国，一九八四年病逝纽约，终年九十岁。

一九八二年夏，我等遊美东归程经芝加哥，吴方城兄带大家去高惜冰之女高逌迪家留宿，先生和夫人住在那里，我因此见到了这位东北名人，方城的父亲原是东北大学的教授，也是惜冰先生的好友。近三十年前的那天，惜冰先生谈兴很足，说了很多有趣的事情，可惜我大都遗忘了，记得他说在重庆当国民政府参政员时，见到过共产党方面的王明，其人口才非常好，很有魅力。他还说到他在北京大学读书的时候，毛泽东正在北京大学图书馆服务，常常见到毛泽东坐在阅览室门口的藤椅上读书看报，桌上有写着「毛泽东」的三角名条，有一次他请教毛泽东说：「毛先生，某某书在什么地方？」毛泽东扬扬手说：「自己找，自己找。」连眼皮也不抬一下。

红旗和反修斗争，结果在文革中受惨烈斗争而英年早逝。

那时东北大学教授不到五十人，名人却很不少，一代宗师蒙文通、金毓黻，五四健将陆侃如、冯沅君，史学新锐丁山、陈述、杨向奎，作家姚雪垠，戏剧家董每戡都很令人注目；而思想前卫的哲学家赵纪彬、杨荣国还是真名实姓的共产党，共产党及其外围组织也很活跃，冯沅君、赵纪彬、姚雪垠、董每戡都是所谓「中华全国文艺界抗敌会三台分会」的积极分子。

赵纪彬，一九〇五年生，一九二六年加入共产党，组织农民运动，参加武装斗争，在河北大名监狱里服刑三年间自学成才，精通中国古代哲学、逻辑学、伦理学，大学者顾颉刚非常器重他，长期任用他，一九四三年把他介绍给臧启芳，在东北大学教授哲学。一九四六年后赵纪彬转去东吴大学，山东大学，一九四九年后任山东大学校委会副主任兼文学院院长，平原大学校长，开封师范学院院长，中共中央高级党校哲学教授兼顾问。

杨荣国，一九〇九年生，毕业于上海群治大学，一九三八年加入共产党，在武汉、长沙、桂林参加左翼抗日救亡运动，一九四一年流亡到四川，与左派学者翦伯赞、侯外庐、吴泽等过从甚密，发表过不少反传统的文章，一九四四年去东北大学教书之前生活非常拮据。一九四九年以后长期担任广州中山大学历史、哲学两系的领导，毕生以马克思主义的立场观点方法批判儒家学说。

抗战胜利，民族斗争一告段落，阶级斗争就又重新开张。马克思列宁主义在中国盛行，是因为中国有仇富的传统。「打富济贫」是公义，「杀富济贫」是美德，有这样的文化依托，中国的共产革命就变本加厉。臧启芳的东北大学就成了它的牺牲品。

流亡西南的学校大都是在一九四六年复员的，西南联大也是在那年解散的，那时国共两党在校园里的斗争非常激烈，一件典型的历史事件是昆明左倾教授李公朴被杀，闻一多在一九四六年七月十五日的《最后一次演讲》中说：

一九四六年四月，西南联大宣布解散。走了，学生放暑假了，（特务们）便以为我们没有力量了吗？特务们！你们错了！你们看见今天到会的一千多青年，又握起手来了，我们昆明的青年决不会让你们这样蛮横下去的！

当天下午闻一多也被杀了，国民党做了非常愚蠢的事情，中国历史发生了悲哀的转折，中华民族没有区别利害的原则，更没有「两害权其轻」的智慧，亢奋的学生们不知道，十年二十年以后中国会是什么样？事实上，连共产党人刘少奇、彭德怀、林彪也不知道：「胜利」对于他们自己最后意味着什么？

东北大学最出名的校友大概是柏杨，柏杨幼年失母，环境恶劣，初中时因不敬师长而曾被开除，一九四四年冒名「郭衣洞」插入东北大学政治系，在三台圆了他的「大学梦」，他回忆一九四六年夏天的毕业典礼：

> 地点在大礼堂。我和那一届的毕业同学坐在前排，由校长臧启芳先生致辞，臧校长神采飞扬的在台上宣布说：「我们终于胜利了，八年抗战是国民党打的，全世界人都知道，共产党再也无话可说，再没有办法号召人民反抗政府。」这段话引起雷动的欢声，师生们都深具这样的信心，因为这是事实。
>
> ——《柏杨回忆录》，源流出版公司，台北，页一五三—一五四

如果梅贻琦在西南联大大礼堂讲这样的话，台下可能是一片倒彩，三台的政治情绪显然比昆明温和多了。在国民党领导抗战胜利的兴奋情绪鼓励下，郭衣洞也到东北沈阳去求发展了，他很自豪地回忆他见到的东北大学：

> 和三台的东北大学相比，沈阳的东北大学雄伟壮丽得象一个独立王国，仅工学院，就拥有一个修理火车头的庞大工厂，如果要绕东北大学一圈，步行的话，恐怕要六、七个小时。
>
> ——《柏杨回忆录》，页一五九

青年柏杨是何其热爱东北和东北大学啊！

臧启芳带了东北大学的队伍回到沈阳，陆侃如、冯沅君夫妇跟臧校长去了东北，陆侃如

在那里当教务长。金毓黻到北京图书馆去当馆长，姚雪垠到上海大夏大学去当文学教授，赵纪彬去了东吴大学教了一年哲学，因为支持学生闹事而被解聘。杨荣国到桂林师范学院去教书，到了广西就被抓进了监狱，坐了十个月的大牢，乃至今天的广西师范大学对这位名气非常大的「马克思主义哲学家」竟没有任何的记忆。若是他去了东北，或许是可以免了这场牢狱之灾的。但是，当了十年校长的臧启芳自己却倦怠了，回到沈阳就请辞，国民政府改任他为「东北九省教育特派员」，那时东北是被分成九个省的。

历史没有论功行赏，抗战功臣国民党在东北战局最初很占优势，但是一年就翻了盘。一九四七年上半年，在松花江以北站住了脚的林彪部队开始南下出击。六月，共军攻打四平，军事形势开始逆转，乡间清算更动摇了城里的人心，沈阳的人口开始向北平流失。七月，学年结束后，陆侃如、冯沅君就去了青岛，东北大学的骨干鸟散了。十月，臧启芳去南京转任财政部顾问兼中央大学教授。一九四八年，共产党的农村包围了国民党最后的两个城市——沈阳和锦州，东北大学无疾而终。

那时，中国弥漫着改朝换代的气氛，连兼守传统和自由主义的陈寅恪和冯友兰（冯沅君的长兄），也都留了下来等待共产党的改造。那年，冯友兰五十五岁，才从美国讲学回来，在清华大学当文理学院院长兼哲学系主任，以后二十几年中毛泽东一直注意着他的思想动向，文革时他的立场已经驯顺到与杨荣国完全一致了；五十九岁的陈寅恪从北平南下广州，傅斯年邀他去台湾加入「史语所」（中央研究院历史语言研究所），但是他留在广州不愿再走了，那至少

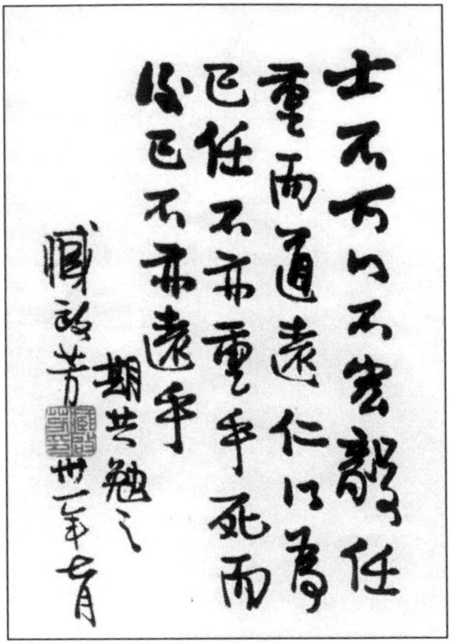

臧启芳手迹（1942年）

是认为国民党死定了，没有再多搬一次家的必要了。

问题是：对当初苏俄发生过的一切，这些高明学者都一无所知吗？无知的确是事实。苏俄的暴行在西方早已传知，但并不为中国知识分子所普遍关注。我的岳父张锡嘏先生毕业于燕京大学，两次到美国留学，二十年代那次在衣阿华大学学农业经济，他的犹太室友的桌上放着一张照片，岳父认为那是室友的家长。二十年后，共产党让岳父认识了马恩列斯，他才恍悟当年在衣阿华似曾相识的是列宁。那个时代的中国人是到美国来见识西方财富，学习西方技能，很少的有人注重西方价值和准则。而中国人把美国大学当作职业教育的格局，至今未变。

困难也是事实。有人说陈寅恪先生「学贯中西」，实在是过奖之辞。中国的传统学问的目的、方法和结论，于西方看来一无是处，因此中国文科学者在西方很难立足，陈寅恪和冯友兰当然也是虑及了「聘书何来？」才留在大陆听天由命的。若以我们今天的觉悟问：为什么不逃到美国去？则无异于问：何不食肉？再说，中国共产党反人类恶行会严重到后来的程度，也很难有人预料，前辈的无知和疏失也就应该原谅了。

胡适之、梅贻琦、臧启芳离去了，傅斯年带了「史语所」的李济、凌鸿勋等人去了台湾，一年后他自己累死在台大校长的位上。胡适之、梅贻琦、臧启芳、傅斯年、陈寅恪、冯友兰都很有名望，但是都没有钱财，要他们到美国当小兵去打斗，也不是现实的事情。胡适之与国民党的关系并不好，他不要蒋介石的美金，连台湾的边也不沾就直接去了美国，结果在美国很潦倒。

东北大学同人丁山、赵纪彬、杨向奎、陆侃如、冯沅君等异途同归，都成了共产党文科名校「山东大学」的班底，那时他们都才四十多岁，杨向奎后来还主编了一本很有分量的杂志——《文史哲》，它上面发表的李希凡、蓝翎二人联名批判俞平伯「红楼梦研究」的文章，被毛泽东赞赏而发展成一场批判「胡适唯心主义思想」的政治运动，那位被毛泽东捧为「小人物」的李希凡正是赵纪彬的内弟。

陆侃如在山东大学曾任副校长，还与夫人冯沅君同为一级教授，那在中国大陆是非常稀有的名誉和地位，冯沅君是为女性第一人。然而，共产党一进门就是要他们「脱裤子割尾巴」的，这种湖南粗话教温良的冯沅君女士如何上得了口？毛泽东生性刻薄，一九五七年玩真的，陆侃如就当了「右派」，而那只是中国知识分子受屈辱的一个里程碑，后面还有「史无前例的无产阶级文化大革命」的苦境等待着他们。

一九四八年，杨荣国回到长沙老家的湖南大学教书，一九五三年院系调整到广州中山大学，开始了三十年大起大落。以他三八年入党的资格，至少该是个十三级干部，而在旧社会混久了，难免没有这样那样的三朋二友和历史问题。文革红卫兵没有「历史唯物主义」的见识，把「反孔」的「走资派」的妻子逼得精神分裂，溺水身亡。后来他总算被「四人帮」捧上了天，当然又被邓小平打下地。共产党的事情冤来枉去，常如「大水冲了龙王庙」。

赵纪彬是一个禀悟极高的学者，毛泽东在延安就注意到他的一些立论，后来对他的《论语新探》又备加赞赏，但是他在国民党反省院里写过一篇关于三民主义的心得，党中央就一直怀疑他有「叛徒」的嫌疑，他与侯外庐杨荣国等人合着的《中国思想通史》很久不能再版。而他的批孔立场久已有之，并非是为「批林批孔」专用，不巧江青曾向他不耻下问……。既然他可为「四人帮」所用，邓小平一上台就把他清除出党，还是靠善人胡耀邦帮忙恢复了党籍。

比起大悲大喜的余生，东大校长的宽容，三台草庐的淡泊，或许是马克思主义者赵纪彬和杨荣国悲剧人生中最美好的片断。

除了长子长女，臧启芳携家去了台湾，那时岛上名人如云，经济又没有起飞，他为官一生却洁身自好，在台中东海大学执教经济学时，清贫到让次子英年弃台大机械系，而进了免费的海军机校；三子凯年先生回忆，高惜冰在美国学的是纺织，去台湾后参与创办中国纺织建设公司成功，因此常常帮助他们一家。

但是，贫困无碍刚直，国民党政府号召名人献言，启芳先生就实话实说「学生劳军」是形式主义，执掌军队政治工作的蒋经国闻之大怒。一九六〇年，雷震发动全台五十五位名士连署反对蒋介石违宪第三连任总统，东海大学臧启芳、徐复观、蓝文征三人榜上有名，后来雷震因组党而被判了十年徒刑，这就是举世震惊的「雷震事件」，臧启芳当然也与国民党反目了。是年启芳先生心肌梗塞故于台中东海校园，当局竟拒发公务员死亡抚恤金，借口竟是「来台后未行登记」。

「抗日青年」郭衣洞的人生就丰富多彩了，他从不委屈自己，说尽一切自己想说的话。一九四八年尾到一九四九年初，柏杨在辽沈和平津两次被「解放」，他追随蒋委员长，却也不仇视共产党，有时还表扬几句解放军；但是在「大是大非」的价值观问题上，他要的是自由和人性，这位东北大学小兵的头脑醒过了许多大教授。在后来回忆北平「和平解放」时的社会情绪时，他说：

政府所辖的江山，一半已沦入共产党之手，全国知识分子的左倾程度，接近宗教狂热，一个人是不是向共产党靠近，成为检查他是不是进步人士的唯一标准。可是，共产党没有个人自由，唾弃温情，标榜党性，全都使我毛骨悚然，我性格上不喜欢拘束，觉得人性尊严和温情扶持，是人类共有的美德，党性只是英明领袖巩固自己权力所加到群众身上的私刑……

于是他决然从北平出走，经过青岛、上海，到了台湾。在服务于蒋经国的「反共救国团」的时候，他竟用最尖刻的文字攻击党国的专制，因此被囚禁了九年，其中六年多在绿岛度过。

四十几年后，他才回到过曾为顽童的故乡，见到了心存亏欠的两个有不同母亲的女儿，但是价值胜于亲情，他还是确认「我家在台湾」，那里他曾有牢狱之灾，但是他在那里得到了迟到了自由。

共产党在东北大学地盘上组建了「东北工学院」，那是一所采矿和冶金的专门学校，那时共产党以为有了重工业中国就强大了，东北是重工业基地，离苏联「老大哥」又近，所以东北工学院最初办得还不能算不认真。但是，后来几十年「阶级路线」、「政治挂帅」，它打了许多右派，也封了更多的左派，所以今天这所学校有不少高楼，却没有什么高人。近年来它又恢复了「东北大学」的校名，但是它与臧启芳离去时的东北大学的文理（Liberal Arts）传统，已经毫无干系。

东北大学，如果说它今天还有一个躯壳的话，我们纪念的臧启芳先生主持的东北大学的人文精神，已经被革命和战乱剿灭了。

二〇一一年六月二日改成

《烈日之下》序

南京早已褪去了政治都会的光环，但它仍是中国高等教育的一个中心。二十世纪上半叶，几代学兼中西的人物荟聚在那里，刘光华先生是他们中间最年轻的成员。风云变幻的时候他才三十一岁，六十年光华榭去，他却以超常的健康和记忆一枝独秀，回忆录《烈日之下》记载了他经历的世道的「兴悖衰忽」。

刘光华先生任教的南京工学院，是国民党时的「中央大学」，军阀年代叫「南京高师」或「东南大学」，是继北京大学之后的中国第二所国立大学，许多着名的中国知识分子都与它有关系，那时陈独秀是北京大学的文科学长，他的父亲刘伯明先生是南高和东南大学的文理科主任，也是有名的文化人。每当政治有变故，不少中国的大学要改名，改革开放后南京工学院就须正名，「中大」「南高」都不再合适，所以它才回到「东南大学」，因此现在年轻人大凡不知道它的来头了。

刘先生所在的建筑系，是中央大学建筑系的后续，也是中国高校的名牌。旧中国建筑界有四大名人：杨廷宝、刘敦桢、梁思成、童寯，除去梁思成在清华教书，其余三位都在中大或南工；刘敦桢早年留学日本，杨、梁、童三人则都出自清华预备学堂，学成于美国宾州大学建筑

在美国留学期间的青年刘光华

系。解放后，梁、刘、杨还是中国科学院学部委员，可见南工建筑系在中国建筑界的「四分之三」或「三分之二」的份量了。

传统的中国建筑是秦砖汉瓦，雕龙画栋，就是这一代人把西方的建筑科学和建筑艺术引进中国，而且形成了一个兼有中国特色的建筑学派，这个学派最典型的成果就是庄严肃穆、气势磅礴的中山陵。不过中山陵是另一位曾经留美的建筑家吕彦直设计的，可惜吕先生在他三十五岁的一九二九年就患肝癌去世了，但是还有人把吕、杨、刘、梁、童称为中国的「建筑五宗师」。

一九四七年，刘光华在美国哥伦比亚大学得了建筑学硕士回来的时候，时任中央大学建筑系系主任的刘敦桢先生把这位中大弟子聘回去教书，他就成了这座建筑学殿堂中的一员，于是刘家两代人与中央大学结了缘。那时中大的校长物理学家吴有训，一九二〇年毕业于南京高师，是刘伯明先生的学生辈。

刘光华先生在校园里迎来了共产党，此后的六十年中，「建设社会主义」和「复辟资本主义」都搞得轰轰烈烈。按说不论「姓社姓资」都要打样造屋，建筑师们总不该闲着。但是「社会主义阶段」的共产党，凡事要查「家庭出身」、「历史背景」、「思想深处」……归根结蒂「忠诚程度」，于是刘先生造屋没份，是「美国特务」则有口难辩了。

那时，毛泽东还说「卑贱者最聪明，高贵者最愚蠢」。但如「分田分地」不能增加社会的财富，「分封聪明」也不能提升大众的智慧。愚蠢的革命只有导致绝对的贫困，贫困则又引发了党内的纷争，「无毒不丈夫」的毛泽东就策动「红卫兵」来来斗争他的共产党僚属，却又不幸殃及了池鱼刘光华先生，这就是所谓的「无产阶级文化大革命」。

刘光华先生很倒楣，共产党和红卫兵都没有放过他，文革的第一天，他就被南工党委当作「三家村」抛了出来；等到党委被打倒了，红卫兵又把他这个「美国特务」接过手来打，有一回还打断过两根真扁担。他说整整二十七年，他就象《悲惨世界》的主人公让，被路易十六时代的警官盯住了，让曾经偷过一块面包；他可什么坏事也没有做过，只是在美国留过学，有过不少的美国朋友。

一九七九年，共产党说要改弦更张，刘光华先生才赶快离开了凶险的祖国，于今九十高龄的他发表了自己的回忆录《烈日之下》，不仅诉说了他自己的苦难，而且用文字摄下了许多中国历史的镜头。最生动的一幅是一九六六年盛夏南京鼓楼广场游街的场面，那是：

> 路旁站了不少看热闹的人群，走近一看是一批男女「资本家」在游街。那是什么资本家？从衣着形象看，顶多不过是一些过去做小本生意的杂货店、小饭馆，甚至烧饼油

条摊的业主而已。

这些「资本家」头上都戴着纸糊的高帽子，穿着褴褛的衣服，有的只穿着破旧的汗衫短裤，有的还赤着膊，一些女的也只穿着汗衫短裤，汗湿透了的衣服贴在她们的肉上，就好像没有穿衣服一样。大半的人都光着脚，口里却衔着一只鞋，低头蹒跚，举步艰难地走着，炙热的路上防柏油融化的小石子戳得他们满脚是血。

这个不长的队伍的前面有几个人敲锣打鼓，后面有几个人在高呼「打倒吸血鬼」和「叫他们永世不得翻身」之类的口号，路旁还有人在讥笑，在狂吼。但有些一些年龄较大的人站在一旁默默无语。我想：「文化大革命」的对象就是这些人吗？他们有什么力量去推翻共产党，去复辟资本主义？

事实上，中国根本就没有几个像样的「富人」和「资本」，共产党却不仅能消灭没有资本的「资本主义」，还能在每个角落里寻找出相对的富人，树立斗争的对象，制造你死我活的格局。鼓楼广场上的这一幕，见证了中国共产党制造的「阶级斗争」的无端和残忍。

一九五七年反右以后，高等学校里就大力推行阶级路线，愈是好的大学、好的系科，就有愈多的「工农子弟」「干部子弟」。六十年代党内发生路线分歧，毛泽东就实行阶级斗争，农村搞「四清运动」，大学搞「九评学习」。文革未到，阶级和阶级斗争就已经布局布好；文革一到，一些来自农村的目光短浅的学生就最敢下狠手了。

一九六八年南工建筑系的红卫兵克扣了教师的工资，年底又奉命恢复，排队领工资的时候，每一个「资产阶级教授讲师」都挨了一名叫王才中的红卫兵的一记耳光，童寯先生排在第一个，王才中在这位建筑家的光头上重重地拍了一个巴掌，然后问：「你配不配拿这么多钱？」童先生说：「不配。」才把钱领走了。

美国电影《钢琴家》中有类似的场景：一位波兰犹太老人在华沙街上，被一个德国纳粹军人的一记耳光打倒在地上，只因为他在人行道上走路。纳粹主义是「民族社会主义」，它把德国的工人阶级组织成「党卫军」去斗争犹太民族；毛泽东把中国工农子弟组织成「红卫兵」去打杀他们的教授。无论是在德国还是中国，只有为「弱势群体」的口号才能动员「百分之九十五的人民大众」。

也就在这次「恢复工资」的时候，被非法隔离的刘光华先生被监守吴某勒索去三百五十元钱，建筑家杨廷宝拒绝勒索则受到报复，那是：

一天上午，我们对着毛泽东的画像「早请示」的时时，值日班长吴某突然把杨廷宝叫出了来，要他背毛泽东的「最新指示」，杨的记忆力本来就不太好，当然背不出来，吴就罚他站在院子中央。……过了两年，我想起这件事去问杨廷宝。果然是吴曾向杨借钱，杨没有借给他。

吴某是从海军专业下来的「依靠力量」；而杨廷宝是高薪的一级教授，是「斗争对象」。吴某妻子治病缺钱，而「成分好」只是阶级斗争的本钱，要将这种政治优势变成金钱，就必须进行斗争……而杨某接受勒索是「腐蚀无产阶级」，不接受勒索又是……。

那时，中国已经穷到了「无产可共」的境地，南京城里除了前朝留下的几座像样建筑，还就是夫子庙、秦淮河，未经清算的「富人」大概就是杨廷宝、童寯等不多的几位「资产阶级知识分子」了，找不到资产阶级，就拿知识分子来顶替。吴、王二人能与杨、童二公近距离攻守，也算他们有斗争的运气，他们当然是想不到天是要变的，毛泽东是要死的。

不是所有的人能承受斗争，不过有的弯了，有的折了。《烈日之下》有一位投莫愁湖的那婉蘅女士，她是建筑系里的美术教师，不幸她的丈夫是「四大家族」陈果夫、陈立夫兄弟的侄子，小陈先生和婉蘅女士同学美术而相爱，却都没有去台湾搞政治的兴趣，她也只与二陈见过一两面而已。然而，那个时代只要有这么一点儿与「蒋宋孔陈」的关系，弱女子不如一死了之。

「四大家族」出自文人陈伯达之笔，他说「蒋宋孔陈」四家控制了中国的经济命脉，聚敛了二百亿美元的资产，这些说法连「思想一贯反动」的我都信以为真，直到来了美国以后才知道CC兄弟非常清廉，哥哥果夫体弱多病，到台湾后不两年就死了，身后毫无积蓄，连殡葬费都凑不齐；弟弟立夫出走美国，靠养鸡拣蛋谋生，陈太太包粽子补贴家用，穷到连保险也买不起，结果一场大火烧得一干二净。

共产党里陈伯达还算是一个比较老实的人，但是为了打倒国民党，他什么谣都敢造。然而，不考虑后果就是愚昧。就在「四大家族」之说害死了一个没有名气的美术教师的前后，妖言惑众的谋略也用到陈伯达的头上来了，毛泽东为他罗织了一个「炸平庐山」的罪名，将他关进了秦城监狱。

那时，人间友情已经被整肃得非常稀薄，很少有人愿意牺牲自己的安全，来向弱者表示同情。然而，有一天侠义的童寯先生故意走近刘光华先生的身边，轻轻地说「千万不要自杀」，说完就快步离去……。烈日之下，人们需要的是清凉的心泉之水，睿智的童寯先生看出「生活美丽」之类的甜蜜甘露，之于刘光华已经没有什么意义，「请勿自杀」才切合他的实际。

去年，一位在四川的老同事华千里先生在电话里告诉我，四十二年前我们共事的那所中学的教导主任周同德先生被打成「三家村」，有一天我曾经安慰他说「不要怕，你是没有问题的……」这事我早已远忘，但同德先生却把这份孤独中难得的人情记到了二十一世纪，难怪刘先生也说他得了童寯先生的安慰，流出了心泪。

当时，与刘光华同辈的贝聿铭在美国已经被誉为「卓越」；而中国共产党「求才」无心，「求敌」却非常执着，刘先生还只能在红卫兵的棍棒下求证自己的「清白」（did nothing）。这种子虚乌有的事情，共产党一搞就搞了三十年，到头来「求零得零」，它领导的中国又怎能不「一穷二白」（poor but nothing）？聊堪以慰的可能是「愈穷愈革命」。

那时，共产党要给每一个「有问题」的人做一份「审查结论」，很像是牛马身上的品级烙印，刘光华先生见到自己的那张结论的时候，毛泽东已经入了地狱，刘先生发了这样一段感慨：

> 我是一个弱者，没有力量与共产党的政治结论去抗争。可笑的是，身为一个执政党，把老百姓的辫子都梳理清楚了，又有什么用？天下的大谬大误都是共产党自己制造的。

红卫兵们打人流了汗，刘光华们挨打吃了苦，等到老百姓的历史结论全部考定，共产党却说要「搞市场经济」，于是又演了一出「摸着石头过河」的新剧本。亏得共产党翻过船，否则邓小平还不会有「摸石头」的虚心。

共产党是历史的输家是迟早的定局，但是写输家也必须公正。中共要人王震就与刘光华先生就有过交往，王震还曾经想把他留在新疆参加他的农垦事业，留在新疆虽然不如留在美国，刘先生也未必舍得他在南京的教席，但王震至少不会让他吃红卫兵的苦头。

王震不仅参加过中共武装斗争的全过程，而且还走进了改革开放的新时代，但晚年却很保守，他与胡耀邦是浏阳的「南乡北乡」，胡耀邦说他们在政治上是「南辕北辙」。据说在一九八九年他说过这样的狠话：「你们有一百万学生，我们有四百万军队，看谁的厉害！」因此有不少人说王震鲁莽未泯。

也有人说王震这个人很义气，一九五七年他敢把落难的丁玲、艾青收容到农垦系统去避难。一九五九年别人噤若寒蝉，他却在庐山上帮彭德怀讲话；共产党党内斗争连年不断，天天有人爬上去，年年有人倒下来，周恩来位高却事事要与人划清界限，粗人王震却有广结人缘的胆量。文革后，王震也并非党内唯一仅存的硕果，但他能上升到「国家副主席」的位上，晚成的大器背后可能还是义气和勇气。

刘光华先生有很多委屈，却不用「脸谱」去画人，《烈日之下》不仅说王震和颜悦色，而且说王震曾经很有抱负，持这种印象的还不止刘先生一人，北京的俞梅荪先生也说王震很有长者风度。象王震这样的共产党大头目，有人说坏，有人说好，都不奇怪，刘光华先生的说法也可以给研究王震的后人做一个参考。

刘光华先生与我的岳父、岳母都是南京的大学教授，解放后运动连连，这些有留美背景的人就很少往来，但彼此的处境却是相闻相慰的。说来，旧社会没有什么以言定罪的政治运动，父辈们大都是坦坦荡荡，既没有害人的阴思，也没有防人的心计，刘光华先生就是在宽松的环境中生长出来的一个身心健康，与人为善，九十高龄还思维敏捷，谈笑风生的人。

最近读巫甯坤回忆录《一滴泪》，一九五一年巫先生从美国回燕京大学教书，年轻的李政道到三藩市码头为他送行，巫先生问李先生什么时候回国？李先生说他不愿意被「洗脑」，巫先生完全不理解如何能洗涤脑子。今天，李先生已经被证明是卓越的人物，他之卓越还与政治敏锐不无关系，如与巫先生连袂进了北京的「半步桥」监狱，必是一事无成了。

刘光华、巫宁坤没有经过「延安训练」，「不懂政治」就是他们的特点。我的岳父张锡嘏先生也一样，他两度留学美国，第一次到美国与一位犹太学生同室，室友桌上放着一张照片，他没有问是谁。几十年以后中国也挂马恩列斯像，他才想起那是列宁。岳父的专业是农业经济，大多中国学者只学习西方经济操作，对政治经济学说却兴趣缺缺。二十世纪上半叶，苏联的肃反和洗脑在西方已经广为人知，但「窗外事」没有引起中国知识分子的足够关注。

几千年中国蜗步缓行，与其说是走进了二十世纪，还不如说是二十世纪闯进了中国的历史，毛泽东说「十月革命一声炮响……送来了马克思列宁主义」，一点也没有说错。没有启过蒙的中国人非但没有意识那是临头大祸，却还以为俄国人送来了一份大礼。一部分冲动的知识分子效法俄国共产党，组成了一个很有奋斗精神的中国共产党，它的「全党服从中央」的极端效率，既能让它很快地登上胜利的高峰，也能很快地将它推入失败的泥坑。

烂熟了东方的封建谋略，又专利了西方的暴力主义，还有一个绝对迷信服从的政治武装团体供其驾驭，毛泽东堂然是二十世纪的一个成功者。但是成也毛泽东，败也毛泽东，《烈日之下》写到，一九六六年毛泽东发动「无产阶级文化大革命」残害共产党的时候，一个共产党老干部，南京大学副校长孙叔平被斗争的场面：

只见几个北京红卫兵把孙叔平推上台去，罪名是「修正主义者兼资产阶级学术权威」。空洞无边的斗争发言结束后，一个红卫兵命令他跪下，那个红卫兵还要在他背上狠狠地踢了几脚，孙迎面扑在地上，跪起来以后，接着一个红卫兵又拿了墨汁浇在他头上，然

刘光华与朱学渊（2009年四月）

后命令他赤脚先在校园里游走，然后把他拖上街去游街……

刘光华先生说，一九五一年「思想改造运动」的时候，孙叔平先生还向他们传授过「文火炖牛肉」的改造思想的经验，这些共产党干部帮助毛泽东驯服了中国人民，他们自己也就被「走狗烹」了。

二十世纪是一个惨烈的世纪，中国人民又是最不幸的，刘光华先生虽然不是历史家，但是他的《烈日之下》含蓄了这么多的历史的教训。

二〇〇九年四月二十八日

张学良是非评说

张学良将军仙逝了，生于一九〇一年的他，整整活了一百个年头。对于中国人民来说，二十世纪是个苦难的世纪，张学良将军被禁闭五十年。而今他的是非还是没有定论。历史学者余英时教授暗示，应该去追究共产党成功的个人的行为和责任，余先生说：

张学良这个人也可以说是一个很特殊的，政治舞台上没有第二位，所以说这样的人物历史怎样来评判他，就是看西安事变到底对中国长期讲影响是好是坏，共产党说他是一个大功臣。对于维护中国比较传统文化来说，共产党使中国陷于一种很大的痛苦，如抱这个观点，就会对张学良有不同的评价。

为评价东北老乡张学良将军，曹长青先生写了一篇〈张学良糊涂死了〉引起了我的注意；例如，他说「西安事变」是因为张学良有当「西北王」的幻想，说张学良是「别人怎么说，他就随着往哪边走」的「小土匪头」，并没有说错。但说学生请求抗战的时势是基于愚昧排外的「义和团文化背景」，求证的「不抵抗」的正确性，却是明快而不尽正确的结论：

对西安事变导致共产党和红军幸存这一事实，史学家几乎没有异议；那么关键是人们怎么看待共产党和红军的幸存，和后来获得政权。如果认为最后坐大并至今掌权的共产党给中国人带来了民主、自由和幸福，那就应该肯定张学良；如果认为共产党给中国人带来的是专制、灾难和痛苦，那就应该否定张学良。

后来，共产党在中国犯下了滔天的罪行。但归结「西安事变导致共产党和红军幸存」，却只是一个不全面的假设。相反，共产党的御用学者说没有张学良、杨虎城发动「西安事变」，蒋介石就不会抗日，那也是妄顾事实的。应该说，日本侵略搅局，和西方列强坐视不顾，使形势发生变化，「攘外必先安内」受到了民气的挑战；困境中的国民党也开始为绝境中的共产党提供了机会，而张学良完全不知道国共两党之间已经开始接触。

据陈立夫先生回忆，抗日形势愈见紧迫，他曾于一九三五年底去西欧和苏联争取援助，事实上他没有去成莫斯科，可能仅与第三国际代表有了接触；回国后，他奉命主持两党秘密协商，具体工作由张冲负责。

一九三六年四月某日，《申报》刊登「寻人启事」，邀被寻者「伍豪」见报后于五月五日去四川路新亚酒店某室「有要事相商」。于是张冲同中共特工负责人潘汉年取得联系。潘汉年与陈立夫张冲等在上海、南京多次接触商谈国共合作问题，取得一定谅解。

陈立夫收到周恩来于一九三六年九月一日的来信【显然中共已基本认可潘汉年的先期工作。按】来信，迅速安排在南京与周恩来、潘汉年的谈判。陈立夫先生在《成败之鉴》一书中说：

与中共交涉时，我方代表是我和张冲，中共派代表是周恩来，这项谈判必须有第三国际代表参加，那就是潘汉年。他们两人必须先得到我方的安全保证，始肯来上海，我方并由张冲任联络员。那时候的情形，我们原则上好像是接受中共投降，在他们只要我方停止剿共，提出任何条件他们都可以接受。【略】，但是为对外必须表示全国一致抗日起见，我们要求他们在战争爆发以后，即发表共同抗日宣言，表示全民一致，其内容须包括下列四点原则：【略】。

这四项原则，中共当然同意，后来周、潘二人由我们招待至南京居住，由我直接和他们谈判，使他们更为放心。经多次磋商，宣言和条件的文字都已大体谈妥，周恩来就想回延安复命，我命张冲陪他去西安，顺便往见张学良，由周口中说出，我们双方对共同抗日已有协定，以免张学良再唱抗日高调几仪，借以保存实力。潘则留京沪续洽。不料事隔几天，西安事变忽起，当时张冲、周恩来都在西安，外人罕知其原因为何？

事实上，周恩来、潘汉年二人在谈判结束后，还上莫干山见了蒋介石。根据张冲的助手杜桐荪的回忆：

记得在民国二十五年的一个盛暑夏天，张淮南（冲）兄命弟陪送周恩来、潘汉年自南京出发，取道京杭国道，上莫干山晋见蒋委员长。

陈立夫先生老成厚道，但记忆有若干差错，西安事变发生时，周恩来已经回到延安（或保安）。事实上，共同抗日的事情在西安事变前就秘密谈妥，但国共双方都不愿意向张学良交代私下和谈的交易。因为共产党要张学良继续保持对蒋介石的不满；蒋介石可能还要催促张学良作最后一次剿共努力。这些事情，当事人有亲录，史家有定考。所谓「西安事变导致共产党和红军幸存」的假设，于时序来说不够准确。

国民党既与周恩来潘汉年谈妥，一九三六年十二月，蒋介石亲赴潼关，训示张学良杨虎城「攘外安内」且言多斥责，激怒了两个卤莽暴躁的军人，闹出一出「蒙难记」，张学良说这是「被逼出来的」。其实，蒋介石也很明白，再不抗日民心不容，他无非是叫张杨再剿一次，不赢就按陈立夫周恩来的协议去办。但他万万没想到张杨和周恩来也事先勾结好了。

曹长青先生拿出当年胡适之傅斯年等「抗日必败」或「张学良误国」的言论，或许是画错了蛇再添足。胡适之说的「战则必大败，而和则未必大乱」是错误的判断。事实上，与日本是和不了的，再退让学生就要大闹，天下要大乱；更何况「七七事变」后奋起抗战并未大败。

胡适之先生对抗战一直低调善虑，但此虑为错虑。再如，匹兹堡大学许绰云教授关于抗战「能再延迟五年，情况很可能完全不一样」的说法，也只是五十年后的明白话，谁知五年后就会有「珍珠港」。

其实，共产党的上台的原因，可追究的人事还很多很多。如蒋介石善与人谋，一九二七年不取屠杀方针，陈独秀的共产党领导地位就未必动摇；如日本不得寸进尺，让蒋介石先「安内」在先，未必有大批青年投奔延安；如果胜利后国民党接受美国调停实行「多党制」，也可能就没有这后事了。遗憾的是，这些统统只能是迷信武力的后训了。

西方意识形态的共产主义在东方中国有大市场，是与中国人的「不患贫而患不均」的文化传统，和「造反有理」的暴民心理有关。七八十年前民众并不急求民主自由，而只痴想分田地，私有财产不可侵犯的观念在毫无社会根基。尽管孙中山的三民主义规划了美好愿景，却远没有经毛泽东改造过的打富济贫的口号更迎合暴民之心。这也是中国人后来注定要吃「人民共产公社」苦头的宿命。

另一方面，三民主义一时无法操作，于是孙中山就组织了一个「以俄未师」的国民党，但成员又都是些缺乏列宁主义宗教狂热的民主主义者和民族主义者。其组织形式与思想内涵完全脱节。蒋介石一九二三年赴俄考察，对贫困饥馑之「饿乡」留下了深刻印象，从而铁定了这个后来身为「列宁主义式政党」的党魁投靠西方的决心。但在长达二十二年（1927-1949）的斗争中，国民党输给了共产党，这种失败的实质是：一个列宁主义式的空壳子，被一个列宁主义的铁锤子砸碎了。

在这二十二年的残杀中，由于日本的侵略，形成了一个「两国三方」的局面。在这个复杂格局中，对历史和蒋介石来说，联日剿共有效但不可行；联共抗日虽合道义，却后患无穷。然而，基于他对西方列强会干预的幻想，加之一九二七年后没能赶尽杀绝，共产党就象一把利剑悬在头上，于是产生了极具争议的「攘外必先安内」之略。

当然，蒋介石的私心也太重。剿共主力均非嫡系，在江西与红军血战是蔡廷锴蒋光鼐的十九路军，长征的追兵是曾为张发奎部下的薛岳周浑元部队，都是些无法在广东立身的粤军北伐精锐。待到共产党在陕北立脚，他又让「家在松花江上」的东北军去打先锋。其实，东北军是一支旧式军队，战力远远不如两广部队，它既打不了日本人，也吃不过共产党，所谓「直罗镇战役」被消灭近两个师。「一石两鸟」的妙计比「肉包子打狗」更糟糕。被消灭了的异己，做了共产党的俘虏，被洗了脑放回来策动少帅张学良。

张学良手中握着从其父手里继承来的全副武装，最高学历是东北讲武堂，一九一九年入学，一九二〇年就毕业，出来即当旅长。但他又不敬那份业，天天出没跳舞场，夜夜是在温柔乡。然而，思虑不周的他有一股冲劲，一生作了三件大事：「东北易帜」使中国统一，蒋介石与他结拜兄弟，把「陆海空军副总司令」的大帽子套在二十八岁的小年轻头上；「九一八」他又得了「不抵抗将军」的丑名；「西安事变」在「捉蒋亭」将契兄逼上「抗日领袖」的宝座，自己则当了五十年囚徒。

张学良应该算是个诚实的人，传言蒋介石曾「密令」他不抵抗，他说没有那事情。但明眼人都知道那虽不是「密令」却是「默契」；事实上，蒋介石也没有要他去抵抗，事后让他去欧洲避风头。

张学良又是个易动情的人。直罗镇吃了败仗，却想见识见识共产党。一九三六年四月瞒过了蒋介石去延安（或保安），密会了长他两岁的周恩来。我们或许可以猜出他们俩谈话的一些情节，周恩来提及他随伯父在奉天童稚的回忆，东陵的风光。周恩来那时已非常老练持重，张学良想不到天下有这般人才，相识恨晚的他或许想说：「你那时放学怎么不来大帅府寻我玩耍？」

而一群逃亡了两万五千里的衣不蔽体的叫花子，居然把「抗日」口号高唱入云，拨动了离乡背井的东北将士的情。这是弱势团体「以小事大」的智慧，当然也是八个月后张杨发动「西安事变」的一个动因。

张学良要入共产党大概也有其事。他见到那时「共匪」意志坚定领袖强干，那时共产党不求发展，但求生存；「打土豪、分田地」的事暂时不干，见人只呼「开明人士」，再不骂「土豪劣绅」；有饭匀着吃，齐心附着那活诸葛毛泽东，张学良可能觉得与汪精卫蒋中正打闹太无聊，还不如入了匪伙痛快。

但是，共产国际电令次日飞来，不但救了蒋介石命，还枉说西安事变是日本帝国主义制造的阴谋。王明一年后从莫斯科回来告诉张国焘说，他亲眼见着那电文是斯大林亲手起草。

于今看来，亏得斯大林明白世事诡谲，惟恐中共图一时之快，枪毙蒋介石，让日本渔人得利，然后进攻苏维埃。话说张学良擒住蒋中正的那天，保安窑洞里一派狂喜，十年来千万同志头颅落地，今天要叫你蒋某去陪个人祭。一觉醒来，生存自比复仇更重要，还是斯大林说的在理。

张学良的事情大家也都知道，他早早就到了台湾。共产党渡江，监管他的军统刘乙光递给他一份报纸，自己悄悄地在一旁观察囚徒的表情，他坐在一张藤椅上，读完那条南京沦共的消息，冷笑两声。光这两声笑，可能又叫他多付出二十年自由的代价。

一九九一年，纽约的东北同乡拜会张学良。问到他的四弟，他竟说：「张学思比较激动暴躁，跟斗争他的红卫兵干了起来，结果被红卫兵打死。吕正操比较温和，所以保住了性命，这只能怪张学思自己不好！」张学良还说，他最喜欢的就是这个当了共产党的四弟，亲共情绪仍于言表。

张学良喜欢共产党是他个人的立场，百岁男人有定见，无可非议。但要把后来共产党罪恶，统统推到他的身上，也是不公平的，即便刘少奇、彭德怀、林彪也没有料到毛泽东会把他们整死而后已。西安事变的确帮了共产党忙，但也把蒋介石推上了抗日的路，最后成了如日中天的民族大英雄。但是，迷信武力的每一步都要小心，历史翻脸无情。

也别惋惜周恩来迟到一步，没有把他引去「陕北革命根据地」。张学良有幸没有成为共产党政治委员，后事统统与他无干系。那本该在湖南乡村教教书的毛泽东，竟成了中国历史上最恶最恶的恶皇帝；大英雄蒋中正却成了大败寇，就不必怪罪小契弟；权力还把一个美少年周恩来变成了一头老狐狸。他们都早离了人间，惟有缺了一点心眼的少帅张学良活了整整一个世纪，还有人为他辨是非。

二〇〇一年十一月二十日

是激进主义培植了专制主义吗？

有幸读到多维新闻网连载的陆学仁先生《为了明天》等文章。陆先生很有阅历和见解，对中国民主化的未来充满了期待，而且对民运人士寄托了善良的期许。许多箴言挚语，感人肺腑。如：

如果中国真的又一次出现政局转化的兆头，我们所有人，特别是争取民主的勇士们已经作好必要的准备了吗？我们梦寐以求的转化将使历史朝前挪动一大步，还是又将夭折，又一次血溅天安门呢？

陆学仁先生又恰如其分地指出：

正如西方政治学……的经验所显示的，凡是从威权制向民主制转化成功，总是仰仗当权的改革派同社会上的温和派的联合，而所有转化的失败都显示，社会上的过激派总是起着极坏的作用，即实际上向当权的保守派提供口实，让他们有借口动员和说服军警，乃至使他们得以动用军警来血腥镇压。

但是问题是，中国是否存在过真心实意的「当权的改革派」？另一个问题是，中国社会上的过激派又是在什么条件下形成的？陆学仁先生举了许多例子说明胡耀邦、赵紫阳是这样的改革派，然而他们是不是真正「当权的」呢？显然不是，中国的政治权力掌握在邓小平一个人手里。

而邓小平是不是一个改革派呢？相对于毛泽东来说，他的思想当然要新鲜多了，他想要解放生产力，他提出过「科学技术也是生产力」的口号。这种道理只有中国共产党不懂，而西方共产主义政党一直是明白这种肤浅的道理的。事实上，毛把中国带入了人为饥饿的深渊，邓的拨乱反正又把社会送到了自然经济的原点，他们两人不过玩了一场「零和游戏」而已，几十年等于白干。所以，尽管邓小平有归零的功劳，但也不必感激不尽。

邓小平也是迷信枪杆、嗜权如命的人，共产党内恶劣的政治生活秩序，和他屡经起落的遭遇，使他天赋的双重人格狠毒无比；他会向强者求饶，他也会对弱者翻脸，一切是根据权宜；他处置胡耀邦、赵紫阳、杨白冰统统都是不义之举。胡耀邦被他用来搞平反昭雪，收复了民心，就弃之如鄙履；赵紫阳被用作闯物价关的探雷器，成了是我设计的功劳，炸死了是你没灵气；与他有乡谊的杨尚昆、杨白冰，为他扳了杀人的枪机，最后被他一脚蹬开，没有一丝「兄弟义气」。

邓小平也是不诚实的人，他搞「四个坚持」既是在压迫地上的老百姓，又是在蒙骗地下的毛泽东。更重要的，这为他谋害民众预设了杀机。邓小平的性格象毛泽东一样，没有人能和他合作到底。在倒楣的时候，他或许曾经想过一些共产党自身改革的问题，「废除终身制」就是他提出来的，可是轮到自己头上时，却要把统领「枪杆子」的军委主席做到底。

因此，陆学仁先生说的「当权的改革派同社会上的温和派的联合」的先决条件，在邓小平活着的时代就根本不存在。想改革的胡耀邦、赵紫阳统统只是花瓶而已；真正当权的他，根本就不想实行任何的政治改革。至于陆学仁先生说的：

> 当费孝通组织第二次扩大的高级知识分子集会时，统战部长阎明复带领党中央，中央军委和国务院的三位大秘书来参加会议时，严家其把他后来签署的《五一六》声明上的话说了出来：「邓小平是不是君主制的共和国的君主」，一听到他这样的发言和追随者的类似的激烈言论，阎明复哭了，他泣不成声说：「完了，这下完了，邓小平不是这样的人！」一切无法挽回了。这不啻是给刚有可能向学生倾斜一点的邓小平一个大巴掌把他扇到右边去了。

我没有资格参加这样的头面会议，当然也无从评价上述情节的真假。但这段历史无疑是说，当年大人物杀人，是被一个小人物骂出来的。今天，邓小平已经盖棺定论；回头看，严先生说邓小平是「君主制的共和国的君主」，一点儿也没错；而阎先生说的那些话，倒是大错了。人们都知道阎明复是个大好人，但为这点儿事，就泣不成声，也太窝囊了。

陆学仁先生或许是体制内人物，他们常常有一种心理缺陷：把自己的看做是「毛」，把大人物当作是「皮」。因为有太多的人想做附「皮」的「毛」，毛泽东也就很鄙视他们。而「毛」们生怕触动「皮」的心理，也往往造成他们对许多问题的误判，陆先生说严家其的一句话，「不啻是……一个大巴掌把他（邓）扇到右边去了」，即是一例。共产党作过许多「惊天地、泣鬼神」的事情，有无数人「抛头颅、洒鲜血」，为的是「主义真」。然而，一个巴掌就能「扇」掉一个「主义」，这种「主义」就不是真的。

陆学仁先生对批判「激进主义」的危害是很正确的，但问题是：究竟是激进主义培植了专制主义，还是专制主义酿成了激进主义？事实上：中国有几千年的专制，却只有一百年的激进，中国真正的「激进主义」是「暴力共产主义」。

陆先生说「与其说中共的残酷镇压构成了非法处境，还不如说首先是因为六四后几乎所有民运组织和民主斗士本人个个都自外于合法地位和合法斗争。」也不合情理。象刘宾雁、郭罗基这样的温和诚实老共产党人，都被共产党流放在异国，取消了他们的护照，剥夺了他们回国的权利，这难道是他们「自外于祖国」吗？

「我们无法恳求当权者温和，只能以社会行动的合法与温和来迫使当局日益承认我们的合法性并用法制加以固定。这就是在积累民主，就是在剥夺保守的反动派镇压的借口」。当然这是一个「好主意」，但是当人们的视听的权利都要被剥夺的时候，什么「社会行动」还可以表现「合法与温和」？陆先生谈到列宁主张过用「黄色工会」，而不是「红色团体」来进行合法斗争。但我们面对着的是严密的「共产专政」，而不是松散的「沙皇专制」；我们或许只能用「关上嘴巴」来表达自己的「温和性」。

当然，大可不必为吃喝嫖赌的共产党去着急，它正在「一天一天地烂下去」（毛泽东语「美帝国主义」）。他们以为把刘宾雁先生赶出中国，就再没有人讨论「人妖之间」的区别；把郭罗基先生驱逐出境，就不会有人兴师问「谁之罪」？就此，共产党也就变成了一个完全失去了免疫功能的团体，或许我们不抗争、不刺激，它会烂得更快、更澈底。但我们不忍心看到腐败引发的动乱，正在日日逼近我们的民族的躯体。

二〇〇二年九月二十五日

附录：专制和过激本是同根生——答朱学渊先生（摘要）

首先要谢谢朱学渊先生抓住了一个重要问题来评议我最近在多维网上的冗长文字——《为了明天》系列。朱先生提出的问题正是我要抓的一个要点：对邓小平这样的无产阶级专政的独裁者要不要讲究斗争策略？

首先，唯物史观的发展规律、统治者必然镇压等必然性是错误的，这种必然性理论表面上标榜客观必然性，实际上斯大林、毛泽东等的主观「唯领袖意志论」的伪装外衣下的东西。试看一下，在斯大林和毛泽东统治下，哪个决策不是声称根据历史必然性作出，而实际上在强行贯彻他们本人的武断的独裁决策？查一下苏联历史和毛泽东统治的历史，几乎毫无例外。在他们打着必然性旗号时，总是只有领袖才能「洞察」这种必然性，其实，这种「洞察」就是他们的武断的，毫无根据的主观臆断和独裁决策而已。难道他们不是依据阶级斗争为纲「不依人们意志为转移」，而搞的严重破坏法制的肃反、清党、反右、文化大革命吗？在国际问题上，毛泽东依据「帝国主义本性论」决策打朝鲜战争、越南战争等等，哪个不是他的武断和狼子野心啊！

现在的问题是，可不可以反过来？说独裁者本性难移？比如，预先或事后分析，说邓小平是无论如何也会开枪镇压的。邹谠教授在一九八九年四至五月间就多方设法，包括给国内朋友寄书，写信，指出这种必然论是会导致我们推动中国民主化进程的人自己无所作为，是错误的。

「反动派必然镇压」为革命神圣和万能论设立了根据。如果说，马克思列宁主义的学说，尚对如何革命有过严肃的研究，规定了仔细的策略，如马克思认为，必须所有先进的欧洲国家的无产阶级同时起义，否则革命不可能成功；而列宁则根据帝国主义利益冲突必然爆发世界大战从而使无产阶级有可能在一国胜利；到了毛泽东那里，他提出了「农村包围城市，通过长期武装斗争再夺取城市」的战略战术。可惜到了我们民运朋友那里，除了口号越来越激昂之外，毫无研究。过激的过高纲领派与邓小平的镇压派是同根生，都是阶级斗争、革命专政理论培育出来的死硬派。

也许有人要更正一下，民运人士不可能搞专政而是要搞民主。请注意，共产党也口口声声说要搞「民主」的，他们的民主就是无产阶级专政。民运人士一旦成功会搞怎样的民主呢？历史上有过法国大革命时的雅各宾专政，那是多数暴力，或者称为暴民恐怖更确切。它比历史上的任何独裁专政更可怕，对法国历史没有好作用。之后的近一百七十年间（1789-1958）宪法反复修改十次以上，形形式式的王朝和共和国的更迭没完没了。中国共产党在贯彻马克思列宁主义的同时，一直鼓吹法国大革命而贬低英国大革命的改良路线，其实，英国光荣革命比法国暴力革命对人民，对历史，对体制，都要好上一百倍。实现这些认识必需改变中华民族的政治文化，而不是仅仅谴责邓小平的六四暴行可以取代的。

如果承认统治者始终都在打牌，在随机行事……那么我们也要研究如何博弈，或研究斗争艺术，即充分考虑我们的举动会引起对方的什么对策，能够多看几步就比较可能会赢，否则就比较可能会输。承认了这一点，就会发现总有很多Options（选择），这时就要在妥协和坚持之间，在速成和渐进之间，作出决断？可惜，一九八九年，英雄们一味激进更激进，甚至至今不认为有必要研究总结经验教训。如果要不让烈士的血白流，我想我们自己的进步是最最重要的！

你说我「体制内」也好，说「六四」时我在美国没有危险也好，我的目的早已不是为自己谋，我个人的遭遇绝不比民运朋友们好，尽管我从一九四七年就参加革命，但是共产党把我当「不可接触的贱民」打了半个世纪。所以我们最好就事论事讨论中国的明天，而不搞猜疑别人的动机。谢谢朱学渊先生给我机会！更谢谢多维网的何频先生和编辑先生！

王光美宴请毛泽东家人
——及其政治信息

十月十一日，《中国青年报》发表了孔东梅小姐的文章，海外若干网站亦予转载，标题是《毛泽东、刘少奇两家后人聚会解密》。内容是二〇〇四年一个夏日傍晚，王光美召集毛泽东、刘少奇两家后人，在京城「相聚一堂，共话友情」。聚会联络人是王光美之子，武警将军刘源，作者和她的母亲李敏女士，姨母李讷和姨夫王景清先生等，都参加了这次聚会。

孔东梅女士说，一九四八年在西柏坡，王景清担任警卫，与刘家也有交情；而王光美在那里与刘少奇结为百年之好，从此跟随中共领袖走上了「进京赶考」的道路。餐聚时，李讷女士说：「以前我最喜欢小源源了，长得可好看、可好玩儿了。现在都是将军啦！」而刘源说：「大姐才真漂亮啊！过去和现在都漂亮！」文章还说李敏与刘少奇长子刘允斌和长女刘爱琴，是苏联国际儿童院的同学。

文章说，八十三岁的王光美女士平时很少应酬，几乎从没到饭店请过客。这次却破例想李敏、李讷两家吃饭。她告诉刘源：「前些日子，她们姐妹俩都来看过我。我年岁大跑不动了，又老惦记她们和孩子们，就聚会一次吧。」与王光美同来的还有一位刘家的老保姆。「文革」

中刘家受难，是这位「赵姥姥」带走刘家的小女儿，帮刘家的儿女度过了不堪回首的岁月。

席间「大家问身体，嘘冷暖，其情融融，其意深长。这是两个特殊的家庭，其成员的命运可以折射出国家命运的兴衰，一定程度上也象征着中国社会的发展。所以这次聚会实在难得」。文章还说：「毛泽东和刘少奇，都出生在湖南，家乡仅一山之隔。他们从一九二二年相识」，但是「在晚年绝不相同的境遇中，他们又陷入共同的历史悲剧，经受了各自家庭的不幸。」

毛、刘两家人能从先人的阴影中走出来，一笑泯恩仇，我们固然应该为他们感到高兴。然而，毛、刘两人之争而引发「无产阶级文化大革命」，却把中国的国运推到了「崩溃的边缘」，这不仅是他们这两个特权家庭的不幸，而是中华民族举族的灾难。作为文革最大的受害者，刘少奇自己也有历史的责任；在延安整风时，他是把活人毛泽东祭到「神坛」上去的主祀人。

一九六七年初春，我在北京「上访」，天天在「八大学院」闲逛，有一日「清华井冈山」斗王光美，我们几个朋友去看热闹，见到她被红卫兵拉成「喷气式」，颈子上挂着用乒乓球串联成的「项链」；记得陪斗的有罗瑞卿将军，是用箩兜抬出来的，他跳楼把腿跳断了。在地质学院我还见过彭德怀，他刚从四川楸回来，他那倔强的面容，至今还刻在我的记忆中。不知道是出自何种直觉，我很同情彭德怀和罗瑞卿，而对王光美却缺乏这样的感情。

我于一九六五年大学毕业，最后一年参加了几个月的「四清运动」。而王光美以总结「桃园经验」闻名，记得她说农村的问题是「四清与四不清的问题」，要大家「扎根串联」，把农村干部当做「敌对势力」来整，据说一时寻死上吊的干部不少；她又要大家与缺吃少穿贫下中农「同吃同住」，把我们这些青年学生饿得个半死。后来总算下来一个「二十三条」，纠了她的偏。

王光美这一生，不可谓不坎坷，与一个湖南农家子的政治婚姻，使一个「资产阶级小姐」受用了「无产阶级革命家」的荣华；而今作为一个「马列主义老太太」，她又享尽了有中国特色的「专制资本主义」的富贵。不幸的是，毛泽东同志错把先夫当赫鲁晓夫，也请她委屈了十年的牢笼生活。对此她非但「无怨无悔」，反而更坚定了「革命意志」。

从王光美身上的「共产党员修养」，我们既看到了「资产阶级小姐」的虚伪，又可以品出湖南农民「吃小亏占大便宜」的刁诈。难怪，当她逢人便说自己是「毛主席的好学生」，还要把怀恨毛泽东的新凤霞拉下水时，惹得新凤霞女士心生厌恶：「连自己的男人都被害死了，还说这样不要脸的话。」其实，要脸不要脸又如何？只要有「体制内」的身分，就有了一切与时俱进的利益。

过去我们见不到这样一些「解密」新闻。今天，作为一家负责任的北京大报披露这样小事，想必是要为「新党中央」传递某种重要政治信息。我想，这是在告诉人民：连刘少奇家都与毛泽东和解了，你们又何必去纠缠毛泽东搞文革的错误呢？大家应该学习王光美遗忘旧恶的「高风亮节」，做一个「毛主席的好学生」，一颗「永不生锈的螺丝钉」，让共产党的机器运作正常，江山固若金汤。

众所周知，邓小平、陈云等中共第二代领导人，澈底否定了（而不是「遗忘了」）文化革命，但他们又不负责任地把「评毛」，或即「非毛」的任务，推给了二十年后的后人。而经二十年的星移物换，这些当年平息党怨、民怨的许诺，又泡汤了，共产党又食言了；而恶魔毛泽东则一定是躲在「丛中笑」了。

二〇〇四年十月十三日

中国人口究竟是多少？

——为邓小平计画生育辩

最近，国内人口男女性别失调的现象引起了世界的关注，因此不断传出关于调整「计画生育」政策的消息，如说上海准备实行允许双方都是独生子女的配偶生两胎。而这种新动向中，又出了一个笔名叫「水寒」，真名易富贤的人士，他在海外网站发表了许多文章，说中国人口已经严重老年化，说马寅初的「人口论」误了国，说如果再不停止「计画生育」，中国就要无以为继了，云云。

易富贤先生对人口问题的确很有研究，而且观很鲜明，他反对反对宋健提出的中国人口不宜超过七亿的估算，以为十六亿决不是中国能够承受的人口上限。他还指着一个年龄段的人说，如果早实行了计画生育，就没有你们了；好像计画生育枪毙了许多未进过摇篮的人，没有让他们到人间来过一趟路。

后来，《新华网》、《光明观察》等重要网站，又陆续刊登他的若干后续文章，其中一篇开门见山提出两个问题：「中国能活多少人？」「中国真的只能承受十六亿人口吗？」，并自问自答地得到了「中国的人口过多不过是一个流传很广的谎言」的答案。从官方大网发表对

「既定国策」的质疑文字来看，这些奇谈怪论已经搞乱了一些人的思想。

易先生是从缺电问题说起头的，他认为如果电力建设能未雨惆缪，就不会有今天的局面；由此及彼，如果今天不放开妇女的肚皮生娃娃，中国的人脉就要断线了。明眼人一看就知其荒谬。「电」只是商品，「人」却要吃饭穿衣，既能生产物质，又能生产自身的「主人公」。天下有「人多好种田，人少好过年」的绝妙道理。而当今中国究竟是缺人种田呢？还是人多得难过年呢？芸芸众生，是否能象电力一样，召之即来，挥之即去呢？

中国政府反复强调人口太多，负担很重，这都是我们应当切实体谅的真话。然而，按「十六亿不是上限」的说法，今天中国人口总数只有十三亿，还应该有很大的「发展空间」。但中国的人口究竟是七亿好，十六亿好，还是二十亿好？实际是与各人关于「生活的品质」的标准有关；而究竟是吃干饭好，吃稀饭好，还是喝大锅清水汤就可以了？宋健、易富贤、毛泽东都有不同的看法。

因此，人口问题还是应该归结为：「活着有没有事情做？」事实上，中国人口之累已经无以复加，三十多岁就难找工作，四十多岁就要让位，五十多岁就要退休……这难道是「流传很广的谎言」吗？在中国创造「经济奇迹」的同时，浓烟搞脏了大气，屎尿污染了河流。我想，今天中国人口已经大大地过了限度。

今天中国的人口究竟是多少？政府说是十三亿，这个数字可不可靠？记得小时候「六亿神州尽舜尧」，上海南京路、淮海路空空荡荡。如果果真今天只有十三亿人口，也不过是两倍的尧舜；何至于处处象百岁生日蛋糕上的蜡烛，满坑满谷无算的舜尧。

中国第一次人口普查在一九五三年六月进行，结果是六亿零一百九十三万。一九六四年第二次普查，总数是七亿二千三百零七万。两次相隔十一年，但差别不大，却都是可靠的。虽然一九五九年批判了马寅初，有「人多热气大」的大话撑腰，但「自然灾害」饿死几千万，妇女又不来月经，想多说，也没得说。而一九八二年进行的第三次普查结果十亿三千一百八十八万，就大有问题了，这是因为共产党意识到人太多不是好事，因此要往少里说。

说来是，十年浩劫期间，中国人口失控爆炸了。一九七〇年我在四川省荣昌县直升公社一大队劳改，亲眼见到一个叫张和高的农民，有六个孩子，他那骨瘦如柴的老婆声称还要继续生，为的是多一个人多一份口粮。人民公社「一人一份口粮」制度性地鼓励了一场恶性生育竞争，结果是在「大锅清水汤」里灌水。

对这场竞争的恶果，我有两个估算。一九六五年，我大学毕业到荣昌教书，那时全县人口四十万，这当然是一九六四年普查的数字。一九八六年，我从美国回去，县委书记请我吃饭，说全县人口八十万，想必这是一九八二年普查的结果。因此，十八年的时间，这个县的人口年翻了一番；如果以该县人口为抽样，并虑及四川妇女生育能力较强，城市人口增殖稍慢等因素，可推算一九八二年全国人口也接近翻番，就应在十三亿左右，第三次普查报告至少少说了两、三个亿。

一九七〇年左右，一位在成都工作的朋友告诉我，省商业厅布票发放量超过一亿人份；对照第二次普查四川人口六千八百万，是年四川人口增加三千二百万，即四七%。按同比推算，再一个六、七年后，即在毛泽东去世前的一九七七年，四川人口就应该达到一亿四千七百万左右，而全国人口就相应是十四亿多了。

我不敢说哪一种估算正确，但至少可以说，一九七七年至一九八四年之间，中国人口达到了十四亿。一九八〇年，邓小平决定城乡一律实行「一胎化」，绝非心血来潮，而是面对严峻的人口形势作出的决定。我想，毛泽东死前就提出搞计画生育，也一定是被一个洪水猛兽般的数字吓着了，否则他不会自己打自己的嘴巴的。

人们都记得人民公社饿死过几千万人，但很少注意到它后来又多造出了几亿人。今天无法想像，人们要以多生一个人，去多分一勺汤的绝望。而在因循无能的共产党里，没有邓小平出来关人民公社的门，「一人一勺汤」的政策还要继续下去。同样，没有邓小平的拍板，「一胎化」政策也不可能出台。所以，历史对邓小平这个人是要「一分为二」的。

那次四川之行，使我对人口问题大为震惊。在回北京的路上，在火车上又听到一个山西农民说，政策变了，花几百元钱就可以生二胎。有一天，经过西直门外国务院招待所，见外面有一块「计画生育委员会」的牌子，我就进去向一个女士反映了我的想法，她又安排国家计画生育委员会主任王伟与我见面，那时计画生育委员会是一个很不起眼的小单位。

王伟是「团派」人物，六十年代初有一张毛泽东接见非洲青年的着名照片，王先生也在其中，看上去英俊有朝气；但我见到的他老气横秋，他完全不听我的意见的愿望，却不断地问我，是否看到北京进步了？是否发现改革开放的成果了？再就是问海外对计画生育的看法，特别是美国政府的看法。他还向我解释，为何要予一些「特殊情况」以照顾；从口气里我还听出，他很重视联合国的援助。我非常失望，以为主管国策的大员，竟是如此的懦吏。

就是这次全国范围的松动，大堤溃决了。事实上，以当时中共干部队伍尚未腐败，如果再坚持五到十年，「一胎化」在农村就会见到成效。但美国国会右派的反对，动摇了他们的决心。说到底，这次松动是中共向美国右派的妥协；若干年后再想重整旗鼓，一定不能是「一胎化」而是「少胎化」了，出尔反尔当然无所作为。

又二十年过去，此间中央政府实行了刻薄的地方财政政策，把地方政权和义务教育的基本开支，都转嫁到农民头上；虽然城市和有些大省的计画生育工作做得很好，但也有些省分（如广东）计生工作名存实亡，超生罚款成了基层政权的收入。尽管如此，如果当初没有「一胎化」的努力，今天的情况就更不堪设想。在计画生育这个基本国策上再有动摇，将对中华民族犯下不可饶恕的过错或罪行。

二〇〇五年三月三十日

《陈良宇言论选编》的寓意

中共整肃陈良宇的事态，并没有完全按照预先安排的计画发展，对胡锦涛「反腐肃贪」的叫好只持续了几天，继之而起的是对无章无法的「党内斗争」的批评。最近，坊间流传的《新华社内参：陈良宇言论选编》，它揭露了中共党内的问题，又表现了陈良宇的性格。因此《选编》迅速却吸引了海内外的读者，于是陈良宇的问题，究竟是「经济问题」「生活问题」，还是「政治问题」？也就浮上了台面。

历来，「新华社记者」有权参加各级地方党委的重要会议，他们写的「内参」足以中断人们的「政治生命」。在毛泽东的时代，各级高层会议上，只要有新华社记者在场，便是清风雅静，或者假话连篇……中国能走到「崩溃的边缘」，无疑也有《新华社内参》的卓越贡献。从《陈良宇言论选编》，可以看到中共「高级政治生活」的新发展，他的下属中可能就有「新华社记者」，于是私下谈话也被录音。这种假「稳定压倒一切」再兴的「东厂风」，无疑会导致「假话风」的再起，从而把腐败的中共加速送到万劫不复之地。

陈良宇的言论的焦点是反对胡锦涛，他认为胡锦涛头戴钢盔镇压拉萨喇嘛，和对自己泰州养母的寡恩，都不足以证明他会是一个稳重博爱的领袖。事实上，我们也不妨想像一个戴钢盔办公，戴钢盔睡觉的中南海领袖。当然，我们或许还联想到另一个头戴钢盔历史人物，那就是「法西斯蒂主义」的祖师墨索里尼。

我希望陈良宇是在批评专制主义，但是他也可能是在嘲讽戴钢盔的专制主义者的心理素质不良，不戴钢盔的斯大林、毛泽东、希特勒不是照样可以实行法西斯统治吗？陈良宇自己不是也把一个手无寸铁的律师关进大牢吗？因此，陈良宇可能是在声称，他是一个更勇敢的专制主义的卫道士，如果共产政权死了，他或许是愿意去当一个「兵马俑」的。

陈良宇反对胡锦涛的许多言论，如「共产党不需要总是担心自己是不是会垮掉」，「『和平崛起』是做的不是说的，说一次就嫌多余了，多说了就是吹牛」，「太多地强调稳定就让人想到实际上不稳定，太多地强调了和谐社会说明了实际上社会不和谐」都很正确，但也不需要许多智慧，因为它们早就是民间的笑料。然而，陈良宇说得很必要，最近「和平崛起」「和谐社会」的陈词滥调的确有所收敛了。

陈良宇若干言论是很错误的，如「邓小平的『发展才是硬道理』这句话现在好像不怎么讲了，为什么不讲了？发展不是硬道理了吗？那么谁来告诉我还有什么是道理？」又如「我们不能把宏观调控和平衡发展当作平均主义的代名词，我们的党、我们的国家的经济建设历史经验早就证明了平均主义的思想只能扼杀发展。」

邓小平算是一个伟人，但不是深思熟虑的伟人，他把中国从经济停滞的陷阱中引出来，「硬道理」使中国走上了高速，甚至盲目和恶性发展之路，中国人口占世界的四分之一，但却消耗了世界百分之四十钢铁、水泥、煤炭，而产值却不及世界的十分之一。因此，对于「硬道理」来说「宏观调控」是非常必要的，只有把速度和消耗降下来，把品质和产值升上去，人民的生活会才会从更高的层次上得到改善。说实行「宏观调控」就是回到「计画经济」去，那是偷换了概念。

陈良宇认识到：「政府的权力是腐败的根源，加强政府权力只能加强贪污腐败，减少政府权力，不该管不必管的事情，让市场竞争机制去自然平衡，人们不求通过权力来实现自己利益的时候，贪污腐败也就失去了温床，就可以控制了。用更多更大的权力来整治贪污腐败，结果会造成更多更大的腐败。」

但陈良宇的认识深度是有局限的，他说减少政府权力，增强市场机制，「贪污腐败也就失去了温床，就可以控制了」并非完全荒谬。中国历代封建王朝、北洋政府的权力功能远低于共产党大政府，而且有百分之百的市场机制，那时的贪污腐败的确远不如今天的共产党。但照他的意思是否可以推论为：消灭政府权力，才能绝灭「腐败的根源」，只有「无政府」，才能「无贪污」；如果做不到的话，就只能是「有政府，必有贪污」了。

反复强调自己是「共产党人」的陈良宇，反对「用更多更大的权力来整治贪污腐败」，他认为市场化就能消灭贪污，而只字不提世界人类的「制衡权力」和「舆论监督」的普适经验。按照他的「共产党人」逻辑，只有等待社会资源被共产党徒们侵吞完毕，全部进入盗贼们的市场，贪污就自然结束了。

从《选编》中，也可以看出陈良宇对海外媒体批判「上海帮」的耿耿于怀，他甚至用斯大林主义者惯用的「反苏反共」的罪名翻版——「反华反共」，来恐吓党内政敌和海外舆论。我们可以看出，陈良宇是一个敢说话的人，也是一个敢于思想的人，但他的思想太落伍，他已经无法从反对自己的言论中，去获取自知之明了。

陈良宇政治生命的结束，并不意味着「上海帮」的死亡。而贾庆林、黄菊这样的「政治负资产」，可能将在下届聚会淘汰出局。然而，陈良宇的「错误」也只是「不和中央保持一致」而已，但他也可以宣称「我和已故的邓小平同志、健在的江泽民同志一条心」。因此，这场斗争在政治将没有输赢。除非发现他贪污了大笔美金。

这就是新华社内参《陈良宇言论选编》所告诉我们的党内斗争的秘闻。

二〇〇六年十月七日

读「成都镇压反革命亲历记」

我每天午睡，昨天中午读了「右派」作家铁流写的「成都市大逮捕、大镇压亲历记」，恐怖到竟至不能入睡。一九五一年三月「镇反」时，我才不满九岁，在杭州铁路小学读书，不时见到一卡车一卡车插牌子的「反革命」被押去枪毙，街口棺材店老板在日本人时候当过保长，邻居李家父亲被女儿揭发当过县长，都被枪毙了。一天放学后随两个大同学吴桂荣姚雪炎去拱宸桥刑场看杀人，半路上听到枪声大作，赶到现场见到的是文章里描写的一模一样景象……。

一九五一年进行的是「城市镇反」，农村滥杀已于一年前结束，总数当不可计。那是改朝换代之初，小革命者铁流先生还在胜利的醉党中，不知道滥杀对民族的危害。而共产党杀人的目的是什么呢？「杀鸡儆猴」，原来中国人是鸡，是猴，却不是人。

毛泽东杀鸡儆猴，十年后就立竿见影了。一九六〇年，河南信阳地区虚报粮食产量，公家粮仓满盈，农民却饿死几百万。唐宋元明清，代代有人造反，为何到共产党天下，南阳农民宁死也不去抢粮呢？他们会告诉你：「共产党是会杀人的，与其破脑毙，不如全身死。」

「文革」期间我在四川荣昌县（今属重庆市）教书，那时军队「支左」，管理各地「公检法」，每年每县都要杀十人上下儆猴，罪名大多是「恶毒攻击毛主席、林副统帅、江青同志」。记得位于本县的永荣矿务局的一位女会计收听台湾广播，按电台指示的地址写信去香港联络，当然就被轻易拿获。「十一国庆」前在荣昌第三中学操场坝开万人公审大会，判处死刑立即执行。同届被杀的男子几乎全部吓得瘫软无法行走，唯此女子毫无惧色挺直腰板，自行走到坝子边的小坡上接受刑决。

是年冬天，身为上海铁路局高级工程师的父亲被隔离审查，就读交通大学的弟弟因议论江青被逮捕，我赶回上海安慰母亲，在静安寺的杀人布告栏上读到上海交响乐团指挥陆洪恩的名字，还有若干「一贯道」道徒（大多是没有文化的老太婆）因多年受迫害，聚众在人民广场恶魔毛泽东像前默咒，而被集体处决。

中华民族是不尊重生命的人类群体，其文化遗产中还有「杀鸡儆猴」之类的「政治智慧」；中国共产党更是一个空前蛮干的军事团体，其解决政治问题的终极手段就是杀人，当初毛泽东如此，后来人又何尝不是如此？

附录：铁流「成都镇压反革命亲历记」

一九五一年那场「大张旗鼓地镇压反革命运动」是根据毛泽东的建议搞起来的，中共中央专门召开会议讨论了杀人的比例，「决定按人口千分之一的比例，先杀此数的一半，看情形再作决定」。毛还要求：六百万人的上海杀三千人，五十万人的南京杀两百人。

一九五〇年六月「朝鲜战争」爆发，十月，志愿军「雄纠纠，气昂昂，跨过鸭绿江」，国内政治形势骤然紧张，一时谣言四起：「美国佬从朝鲜打到中国来了」，「国民党反动派反攻大陆了」，「某某反革分子趁机作乱了」，那时我在成都市一个区委工作，是捍卫红色政权的坚定分子，只要有人反对共产党，就会上前把他捶扁。

一九五一年三月的一天下午，全区党团员集中到公安分局，说有重要任务。我去时已有下少人在几间办公室里待命，午后六点关上大门，晚上九点又来了一批人，窗台堆放着许多麻绳。晚上十点，参会人员集中到大会议室，戴局长披着棉军大衣，叼着香烟，拉长声音宣布开会。他首先说：「同志们，毛主席说，我们在很短的时间内打垮了国民党蒋介石八百万匪军，解放了全中国，取得了革命的伟大胜利。可是失败了的敌人并不甘心他们的失败，他们借着美帝国主义发动朝鲜战争的机会，一些潜伏下来的反革命分子伺机作乱。为了保卫我们的红色政权，支持『抗美援朝，保家卫国』，今晚全市要进行大逮捕，你们就是执行任务的同志。我们对反革命分子决不能手软心慈，对他们手软心慈就是对人民的犯罪，要坚决打击！坚决镇压！」

下夜两点，我们按临时编定的小组出发。每个行动组三人，配备一名公安户籍，被逮捕的人都有姓名、性别、年龄、特征和地址。我们每人袖口上扎一条白布带为号，口令是「胜利」。初春的成都有点寒意浸骨，冷风嗖嗖，街灯昏暗，熟睡中的城市没一点声音，各个街口都有荷枪实弹的解放军执勤，一片肃然。

我们小组要逮捕十一名反革命分子，其中八个国民党军官，三个特务，据说特务藏有枪枝，大家紧张极了，怀着一拼的牺牲精神。我们提着枪，拿着绳索，先以查户口赚开门，我们持枪冲进屋，拉亮灯大声喊：「不准动、举起手。」很顺利，无一人反抗，就像笼子里抓小鸡。被捕的反革命反缚双手，五花大绑押到所在地派出所，凌晨五点由指挥部的汽车来接收。这些人规矩极了，灰脸低头，连眼睛也不敢乱看。

在逮捕一个国民党军官时，有个小插曲。他们夫妇两人一直跟随国民党从南京逃到广洲，又从广州逃到重庆，再逃到成都，本来要去台湾，但太太挺着大肚子无法再走，只好留下来待产。我们去抓他时，他跪在地上不停磕头求饶，大喊长官手下留情，宽限几天，等太太临盆他就到指定地点投案。我犹豫了，我们行动组的组长，一个老区来的姓王的麻子横着一付吊角眼，大骂道：「妈的，就是马上要生了也要抓，看着干什么，给我捆起来！」我心里真不是滋味。我们走了好远，还听到那女人的哭叫声：「共产党！毛主席！宽大宽大我们吧？我们不敢反对你们哟！」

第二天《川西日报》（《四川日报》前身）登出通拦消息：「坚决镇压反革命，保卫红色政权，成都市一夜抓捕反革命分子一千六百八十七人，澈底消灭了国民党反动派的残余势力。同时，我们郑重告诉一切潜藏下来的反革命分子，只有向人民政府坦白自首才是唯一的出路，否则将遭到严厉的打击」云云。

大逮捕后十天左右，成都市大开杀戒，第一批杀一百四十八人；第二批杀五十六人。此后，隔三五天杀一批，均在十至二十人以上。那一批批杀人的布告贴满大街小巷，整个城市处在历来从没有过的恐怖中。

被杀的人大多是国民党军警宪特和乡保甲长，以及哥老会头目，根本无起诉审讯一说，连布告也是随手写的。这些反革命从监狱里拉出来，对对名字照片，不脱衣服，不赏酒饭，五花大绑插上死标，甩上人重人的刑车，向北门外二十里的磨盘山驶去。磨盘山是个乱葬堆，树从茅草一眼看不透，杀个几千几万也不难。两天前这里就挖了许多坑，一坑可埋十多具尸体。解放军在四周布下警戒，五步一岗十步一哨，高处架了机关枪，警戒线外是农村民兵。从刑车上甩下来的囚犯，由两个解放军提着胳膊飞快地跑向指定地点。二十个一排，齐崭崭地跪在地上，站在后面不足五尺远的解放军，端着步枪瞄准着射击，被杀者脑袋开花。子弹是开花弹，有的半裁脑壳不见了，有的整个脑袋没有了，活人变成了桩桩。解放前有人说，「共产党来了要开红山」，谁也不信，现在我算亲眼见了！杀第一批一百四十八人时，我执行内勤距刑场最近，只见那没头没脑的尸体大片大片，白白的脑花，红红的血水，流成条条小河，半爿山坡看不到绿草，泥巴也变了颜色，血腥味直冲鼻孔，令人目昏头眩。

大屠杀后，变为小批量的屠杀。这小批量的屠杀目的是「打击敌人，教育群众」，起到杀一儆百的作用。每次要开万人公审大会，地点多在少城公园（今人民公园）。被公审的人均是五花大绑的捆着，绳索快勒进肉里，每人胸前挂着写有其名的纸牌。低头弯腰排排站在公审台前，台上有人揭发控诉他们的罪行。与会群众不断呼喊：「坚决镇压反革命分子！」「打倒国民党反动派！」「捍卫革命胜利果实，支援抗美援朝！」「坚持镇压反革命！」然后是：「共产党万岁！毛主席万岁！」

记得最清楚的是公审国民党某地区专员冷寅冬，他发动暴乱，被俘后不认罪。公审人问他：「你为什么要反对共产党，组织发动暴乱？」他面不改色心不跳，昂着头说：「共产党是乱党，用暴力颠复了合法的国民政府，所以我要反对他。」又问：「你当伪专员贪污了人民多少财产？」他十分泰然说：「我不是伪专员，我是国民政府正式任命的。我贪不贪污你们管不着，今后你们共产党会比国民党更贪污。」他侃侃而谈显得很从容。

被杀的反革命分子中，有一个我认识。一九四九年解放前夕，我姐夫张贵武与其他四人合股在安乐寺对面（今人民商场）开了一家大茶馆「大北茶厅」，一位合股人姓胡，住在少城一带。胡先生一生好色，为保护生意，临解放花钱买了个国民党调查员的头衔（简称调统）。解放后共产党采取了一手软一手硬的政策：「硬」，公开抓捕；「软」，号召国民党军、警、宪、特主动登记自首，坦白罪行。胡先生率先响应，第一个到派出所登记，时称「自新人员」，属管制对象。可是他并不知道此身分的严重性，仍然拈花惹草，没事就上街「吊膀子」（勾引不认识的女人）。

镇反时间，一个晚上他在祠堂街闲逛，看见一位漂亮女人，即上前搭讪。那女人不反抗以笑相迎，叫他跟她走。胡先生以为赚到了便宜货，喜出望外尾追于后，结果进了公安局。原来这位女人是军管会特勤人员，认为他不是吊膀子，而是搞暗杀，加上他身分特殊，三天后即五花大绑地拉出去毙在昭觉寺后面的树林里。家人不敢去收尸，托我去看一看。在一丛楠木树下，见他老兄长伸伸地躺着，身上穿着毛料长衫，腕上还戴着手表，只是半边脑袋没了，手腕上铁丝勒过的痕迹深深可见。

那时杀人象杀鸡，农村工作组长就有批准权，后来杀人权收到县上，但工作组仍可派民兵捕人。我听得一个故事，那宁夏街监狱关的人太多，每天进进出出像赶场。狱中不准看报，封锁了消息。监舍里每走一人，大家都拱手恭贺，以为是得了宽大。那天也是这样，某姓李的被叫出去，同舍免不了恭贺一番，托这托那忙得不可开交。不到两个小时他又被押回来，一脸煞白，浑身软得像块糍粑，四肢不停颤抖，裤裆全尿湿了。他无声无语地躺了三天后才告诉同监舍人，他一出去即被两个解放军五花大绑，插上死标。他吓得屎尿流了出来。约莫过了一个多小时，有个当官的拿着照片叫名字对，原来不是他，才把他放回来。自此大家才知道，关在这里是一群待宰的猪，叫出去的都是进杀场。

有统计，一九五〇年一年，成都杀了一千五百多人，那时成都总人口为六十万，被杀比例为千分之二点五，超额完成千分之一点七的任务，所以受到毛泽东的表扬，中共川西区党委书记李井泉和中共成都市委书记都连升三级。

（本文由朱学渊改写）

我所知道的「反右」和「右派」

——「反右」是毛泽东的流氓心术

一九五七年我才十五岁，但已经朦胧地感到自己不适应那个社会，开始想知道阴暗面和外国的事情，诱因是厌倦学校的集体活动。前一年，赫鲁晓夫在苏共二十大上作了「秘密报告」后，社会主义阵营的阵脚大乱。那时《文汇报》连载安娜·路易丝·斯特朗的回忆录《斯大林时代》，我每天放学走到两里路外的阅报栏去读它，虽然一知半解，但也知道了一点国际共产主义运动中的恩怨。今天回过头来看这个「国际共产主义运动」复灭的启端，也可以认识毛泽东阴谋一生的一个侧面。

早在一九四九年发誓「一边倒」之前，毛泽东就对斯大林怀恨在心。赫鲁晓夫在二十大的讲话传到西方后，一九五六年四月十五日《人民日报》发表〈关于无产阶级专政的历史经验〉，此文尽管说了些溢美死人的好话，但表白了毛泽东对追随斯大林的中国教条主义者们的痛恨，它的基调是赞同批判「个人迷信」的，毛泽东是准备要在这场风波中捞点油水的，他以为接替斯大林的地位时机已经到来。

一九五六年，事态一直朝着不利苏共的方向发展。是年六月间，波兰发生波兹南铁路工人闹事[3]，毛泽东幸灾乐祸。当时的新华社驻华沙首席记者谢文清[4]，在几十年后告诉我，他曾经写了一份「内参」，报告波共执政的错误和工人闹事有理的根据。毛泽东看了这份内参后，如获至宝，亲自批示，并在党内通报表扬谢文清。毛泽东借波兹南事件打压苏共，造成赫鲁晓夫在波兰问题上手软，最后接受哥穆尔卡复出。

3 **波兹南事件**：一九五六年苏共召开「二十大」，赫鲁晓夫《关于个人崇拜及其后果》的秘密报告传出后，六月上旬波兹南机车车辆制造厂工人提出增加工资的要求，并派出三十名代表赴华沙与政府谈判。二十八日一万六千名工人举着「要面包和自由」的标语，来到市中心广场请愿，呼喊「打倒秘密员警」、「释放政治犯」、「俄国佬滚回去」等口号，大量市民沿途加入。市政当局拒见群众代表，其间又有赴华沙请愿代表遭逮捕的传言，于是群众冲击政府，打开监狱，夺取民兵武器，并与警察和保安部队交火。冲突中至少有五十多人死亡，二百多人受伤。当晚波兰政府指称「流氓分子」和「挑衅分子」「制造流血事件」，次日波共机关报称帝国主义间谍和暗藏的反革命挑动群众反对人民政权。七月初政府改口，强调事件的原因是多方面的。七月十八至二十八日召开的波党二届七中全会承认党和政府要对事件负大部分责任。同年十月召开的二届八中全会则完全肯定，事件是人民对歪曲社会主义的抗议，其原因应该到党的领导和政府中去找。

4 **谢文清**：河南武陟县人，出身贫苦而敏学，一九三八年参加八路军，一九四一年在延安接受新闻工作训练，长期担任军事记者；自五十年代初，长期任新华社驻华沙和莫斯科首席记者，文革后担任新华社香港分社副社长，改革开放高潮中出任广播电视部副部长，兼党组副书记，主持该部的业务和党务。一九五六年，因如实报导波兹南事件，受到毛泽东的特别表扬，成为新华社重要干部；但谢文清不忘公义，晚年与李锐等结为「言必诛毛」的挚友。一九八二年夏天，美国国务院邀请在香港任上的谢文清访美，他在去黄石公园遊览途中与我等结识，畅谈通宵，针砭党弊，结下友谊。一九八九年五月，谢文清率广播电视部部员上街遊行，轰动京城。「六四」后被开除出党，后来中共收回成命。一九九三年，广播电视部假西京宾馆庆祝中央电视台成立三十五周年，谢文清与吴冷西、艾知生等老旧官僚入座主席台，主会人唱名与会「老部长」、「老首长」，会场静如死灰；惟宣布「还有我们的老部长——谢文清同志」时，突然全场起立，爆发出经久不息的掌声。

然而，事态继续发展。十月间发生的「匈牙利事件」，迅速地把毛泽东的「幸灾乐祸」转化为「忧心忡忡」。他一反当初认为波兰工人「造反有理」，翻转脸来逼迫赫鲁晓夫镇压布达佩斯的「反革命暴乱」。一九五六年十二月二十九日发表的《人民日报》社论〈再论无产阶级专政的历史经验〉说：「在过去时期的匈牙利……反革命分子却没有受到应有的打击，以致反革命分子在一九五六年十月间能够很容易地利用群众的不满情绪，组织武装叛乱。」

一九五六年，赫鲁晓夫的处境很困难，只能由得毛泽东任意指鹿为马。而毛泽东就开始发明什么「两类矛盾」及其「转化」的「理论」，即：「人民内部的某种矛盾，由于矛盾的一方逐步转到敌人方面，也可以逐步转化成为对抗性的矛盾。」这不仅圆了他对波、匈事件截然相反的荒唐立场，同时也为一九五七年的「帮助党整风」转化为「引蛇出洞」预设了陷阱。从此愈来愈多中国人转化为共产党的「敌人」，第一批即是「右派分子」。这一态势延续了二十年，直到胡耀邦搞「一风吹」。

一九五七年二月二十七日，毛泽东在「最高国务会议」上花言巧语号召「百家争鸣」、「百花齐放」、「帮助党整风」，中国的民主主义政治家们未能认识这个专制主义陷阱，还以为是「政治的春天」的到来。五月十五日他就向党内发布〈事情正在起变化〉的密示，要「诱敌深入，聚而歼之」。六月八日他在《人民日报》发出「反右」信号弹〈这是为什么？〉，六月十九日《人民日报》发表〈关于正确处理人民内部矛盾的问题〉，说是毛泽东二月在「最高国务会议上的讲话」，其实内容全部篡改，春天已经转化成为寒冬。

毛泽东与生俱有恶劣的天性，后天又耳濡目染湖南农村流氓习气。一九五七年「反右」是他的系列阴谋的一次，「文革」则是「反右」之后续，其间他年年有花样，而且所向披靡。既然「阴谋」无往不利，当然他也可以无耻地声称它是「阳谋」了，这与「我是流氓，我怕谁？」没有任何区别。

众所周知，一九五七年夏天，毛泽东的湖南同乡罗稷南问他，要是鲁迅活着会怎样？毛泽东回答说：「以我的估计，要么是关在牢里还是要写，要么他识大体，不做声。」其实，毛泽东造就一个「无言论环境」的企图在三十年代就发作了，江西苏区的「富田事件」杀人如麻，杀的都是不拥护他的红军官兵。「大规模的急风暴雨式的群众阶级斗争基本结束」后，他则是逐次按比例地将一部分人民、一部党内同志「转化」为「敌人」，使整个民族分批发生恐惧，其中又以「文革」最残酷，「反右」最卑鄙。

一九六五年，毛泽东与刘少奇为「四清」问题发生争论，他当着一群「党和国家领导人」恶狠狠地对「少奇同志」说：「你有什么了不起，我动一个小指头就可以把你打倒！」今天中共统治集团成员的父辈，大多见识过毛泽东流氓术，但他们的特权又是基于毛泽东流氓术造就的中华民族的恐惧，去年我们纪念「文革四十周年」，今年纪念「反右五十周年」，都旨在消除这种恐惧；而中共统治集团反对我们旧事重提，则是因为毛泽东的流氓小指头，还有为后人牟利的价值。

「右派」的受难

「反右」剿灭了中国民主主义者，使他们的「多党制」诉求成为「罪恶」，胆小的中国人至今听了「多党」还害怕。然而，「反右」又大大超越了镇压政治层面的制度诉求，大批科学、文化、艺术工作者，数以十万计的中小学教师，因为对党委、对党支部、乃至对个别共产党员提意见，或者对中苏关系、民族政策等提出见解，而被打成「右派分子」，整个中国知识阶层受到了无端的清洗和史无前例的恫吓，甚至一些党内、军内的干部，也没有逃脱当「右派分子」的厄运。

毛泽东和共产党以为阶级斗争和计画经济能解决世间一切问题，一进城就打击「反动的资产阶级社会学」。一九五二年「院系调整」，各高校政治学、社会学、经济学系科全部被肢解，大批接受西方训练的学者被降级改行，人类学者潘光旦、吴文藻、费孝通被编入民族学院，人口学者吴景超被编入财经学院，「非马克思主义」的社会科学被根除。「整风」初期有人呼吁恢复社会学系，共产党出重拳予以打击，「反右」期间全国的社会学学者被一网打尽。今天中国人口、民族问题之积重难返，与共产党着重摧残人口学、民族学等学科有密切关系。

以民族学为例。民族学家吴文藻（冰心的丈夫）在关于土家族的问题上与汪锋（当时中央民族委员会主任）的意见相左；妻子是藏族的藏学家任乃强，对西藏问题有太多的见解。真知灼见与政令不一致，共产党就把他们打成「右派」。

一九五七年，我就读的上海铁路中学的老师中打了三个「右派」。容貌美丽的李家婉老师出身富商家庭，解放初还只是一个大学生，在思想改造运动中，她迷上了一位口若悬河的工农干部。结婚以后，这位老干部屡教不改地沾花拈草，她「鸣放」了「工农干部道德败坏」的牢骚，于是美女就「化成毒蛇」了。

一九六五年，我被分配到四川荣昌县教书，次年文革开始，我结识了一批社会上的「资产阶级右派分子」，了解了他们「向党进攻的罪行」。其中，以张建平的「罪行」最荒诞离奇。张建平是安徽六安人，父兄曾参加红军。他于一九五〇年随西南服务团入川，其人虽仅有初中程度，但精明能干，能言善文，被划定为「右派分子」前，任荣昌县人民法院副院长。

五十年代前期，荣昌县峰高铺发生一起强奸幼女案，经某女性办案人侦定系当地一已婚育的农民所为。嫌犯被判长刑后，送某农场劳改。服刑期间，该犯从不洗澡洁身，便溺必无旁人。经农场当局查验，该犯竟无男器，于是宣布无罪释放。原来嫌犯是独子，年幼蹲便时，被饿犬咬去阴茎。家人长期隐瞒此事，乃至成年成婚，其妻与他人育子，亦未为人知。嫌犯为「无后为大」和「名正言顺」，宁受冤屈，甘愿劳改，亦不露身。而共产党办「强奸犯」，竟也不验身。此事遂成一大笑话。张建平于「鸣放」期间，以此例批评法院的工作，引起县「公检法」负责人陶家宾（老干部，江苏东海人）不快，而将他定为「右派」。

另一名「军内右派」孟庆臣，山东金乡人，出身贫农，一九四四年就随父兄参加了八路军，在抗日战争和解放战争中出生入死，身经百战。孟庆臣所在冀鲁豫部队就是后来进军西藏的十八军。一九五〇年昌都战役俘虏阿沛・阿旺晋美，孟庆臣还参与了处置工作。五十年代初，他去张家口高级通讯学校受训，结业后回西藏军区，任昌都警备区通讯兵主任，兼地区邮电局局长和党组书记。一九五五年授大尉军衔时，年仅二十五岁。

昌都地区军政总负责人是中共干员，西藏军区副政委王其梅（王在「文革」中为「六十一人叛徒集团」成员，被摧残致死）。一九五七年，王其梅去北京经年未归，西藏军区传言他有历史问题。一九五八年西藏军区开展「整风反右」，昌都警备区找不出「右派」。于是就无中生有，将与王其梅工作关系密切的孟庆臣隔离，组织群众揭发他的「反党罪行」；在王其梅返回西藏工作之前，又将孟庆臣送交军事法庭审判，定为「资产阶级右派分子」，开除军籍，送交地方处理。于是孟庆臣以「军内右派」的罪身，辗转来到荣昌。孟庆臣一生悲苦，在「文革」中又被打成「现行反革命」，他的五个子女无一人受过良好教育。

「左派」的报应

中华民族从「反右」得到的教训是「祸从口出」，从此「党天下」更加发扬光大，不仅党委即党、支部即党，乃至党员即党，群众见到党员噤若寒蝉，看到党支部点灯，就以为共产党要整人，而政治审查愈见严格，阶级路线更加张扬，出身不好的人晋升进学愈见困难了。

有鸦雀无声的局面，毛泽东行事就更方便了，一九五八年的人民公社、大跃进就是他的为所欲为。一九五九年庐山会议上毛泽东继续所向披靡；后续而来的「三年自然灾害」饿死了四千万人，一九六二年七千人会议刘少奇主会，毛泽东暂时吃瘪；一九六六年他反攻倒算，这就是「伟大的无产阶级文化大革命」。

吴晗可算得上是中国第一号「左派」，一九五七年六月八日，《人民日报》发表〈这是为什么？〉的第二天，吴晗就奉命点了三个「大右派」的名，把火烧到章伯钧、罗隆基、储安平的身上。而翦伯赞是北京大学左派，老舍是文学艺术界的左派。这些左派帮助共产党强化了党天下，也就为自己挖好了的陷阱和坟墓。九年以后，上述三人统统自杀身亡。

我一九六〇年入华东师范大学，这也是一所以出「右派」的名校，除了许杰、施蛰存、徐中玉等「大右派」外，还打了无数的学生「小右派」，那时有一部电影《大风浪里的小故事》就是以华东师大为背景拍成的。不少「右派」在「文革」中尚能死里逃生；而主持华东师大「反右」的党委书记常溪萍，却撞在「文革左派」聂元梓的枪口上，非死不可。

常溪萍，山东平度县人，地主家庭出身，中等师范程度，抗日时期以小学教员的身分，参加共产党，曾任中共胶东局秘书长，青岛市军管会主任，后调上海担任「重点大学」——华东师范大学党委书记。其人党性坚定，视「资产阶级知识分子」若寇仇。一九六三年，低我一届的李维路等同学「聚众听裴多芬交响乐」，常溪萍亲自组织批判，一口一个「裴多菲俱乐部」，简直吓死人。好在后来发现奥地利的裴多芬不是匈牙利的裴多菲，才销了此案。

一九六五年，与学术无缘的农村小知识分子常溪萍，已荣任「上海市委教育卫生工作部」

的大部长，据说还将高升中央工作，有些人开始用「马克思主义者」的头衔来恭维他。原因是他担任北大「四清工作团副团长」期间，袒护北大党委书记陆平，一九六四年底受到「马克思主义者」、「反修战士」彭真的接见表扬。然而，陆平和北大党委办公室主任彭佩云，中年气盛，见好不收，在北大实行反攻倒算，与「四清」积极分子聂元梓结下了冤仇。

一九六六年彭真的「性质」发生转化，他先于刘、邓入了毛泽东的「彭罗陆杨」陷阱。聂元梓贴出「第一张马克思主义的大字报」后不久，就急下上海专揪「四清运动叛徒常溪萍」。常溪萍得了飞来的叛徒帽子，马克思主义者的「舍得一身剐」精神，竟澈底崩溃，隔离期间跳楼身亡。

一九七六年，毛泽东的陷阱挖得太多，竟至共产党也被他坑了。毛泽东一死，他的「神」的面具就脱掉了，共产党的神话也破灭了，「反右」制造的所谓党委即党、支部即党、党员即党等「次级神话」，更是人间不齿的笑话。由于它们太神乎、太荒唐，乃至后人几乎要把历史上这凶恶而愚昧的一页遗忘了。

结论：流氓畏惧历史

五十年前是「党天下」，大部分中国人是把毛泽东当做「神」的。今天党天下未变，但「道」已变，因为人们不仅知道毛泽东不是「神」，而且还知道他是一个「流氓」。如果中华民族还有什么畏惧的话，也不过是畏惧流氓，或者畏惧「带枪的流氓」罢了，因此「畏惧」的性质也已经转化。

一九五七年，流氓毛泽东说的「阴谋阳谋」、「美女毒蛇」、「香花毒草」、「引蛇出洞」、「聚而歼之」，都是世世代代难以忘怀的恐怖，「反右」是永远抹不去的历史。死了的流氓畏惧历史，活者的流氓更畏惧历史。虽然，我们手中没有枪杆子，但我们有追求真实和推崇理性的笔杆子，把流氓的恶行纪录下来，就是使中华民族免受流氓侵害的功德。

二〇〇七年五月十七日

附录：黄宗英[5]「我亲聆毛泽东与罗稷南[6]对话」（摘要）

鲁迅之子周海婴在《鲁迅与我七十年》一书中写到，一九五七年罗稷南在一次座谈会上向毛泽东提出了一个大胆的疑问：要是今天鲁迅还活着，他可能会怎样？不料毛主席对此却十分

5 **黄宗英**：中国着名电影演员、作家，赵丹之妻。原籍浙江瑞安，一九二五生于北京。天津南开中学肄业。一九四一年到上海开始从事电影事业。

6 **罗稷南**：真名陈小航（1898–1971），云南顺宁人。毕业于北京大学哲学系，以「罗稷南」为笔名翻译了不少优秀作品，如梅林的《马克思传》、狄更斯的《双城记》等。

认真，深思了片刻，回答说，以我估计，（鲁迅）要么是关在牢里还是要写，要么他识大体不作声。这段「毛罗对话」，我是现场见证人，但我想不起还有哪位活着的人也听到这段对话。我永远忘不了「对话」在当时给我的震颤。

一九五七年七月七日，忽传毛主席晚上要接见我们……及至我们被领进一间不太大的会场，只见一张张小圆桌散散落落，一派随意祥和气氛。我们电影界的人扎堆坐在迎中门方向的两三张小圆桌边。五十年代领袖接见并没有严格的规定安排……赵丹和我是坐在毛主席身后，照片右角背影是罗稷南……。

毛主席对照名单扫视会场，欣喜地发现了罗稷南，罗稷南迎上一步与主席握手，就像久别重逢的老朋友。他俩一个湘音一个滇腔，我听出有「苏区一别」的意思。还是此番为写此稿查资料时我方得知，罗稷南曾任十九路军总指挥蔡廷锴的秘书，在十九路军被调到福建筹建「革命政府」时，他曾被派赴瑞金，与红军将领张云逸签订共同反蒋抗日协定，并向被封锁的苏区供应急需的布匹、食盐、医疗设备和药品，当年毛泽东曾设宴款待过他。罗稷南有这番军旅经历，怪不得我以前总感觉到这位勤于笔耕的翻译家身上有一股军人的英武阳刚之气。

我又见主席兴致勃勃地问：「你现在怎么样啊？」罗稷南答：「现在……主席，我常常琢磨一个问题，要是鲁迅今天还活着，他会怎么样？」我的心猛地一激灵，啊，若闪电驰过，空气顿时也彷佛凝固了。这问题，文艺人二三知己谈心时早就悄悄嘀咕过，「反胡风」时嘀咕的人更多了，可又有哪个人敢公开提出？还敢当着毛主席的面在「反右」的节骨眼上提出？我手心冒汗了，天晓得将会发生什么，我尖起耳朵倾听：「鲁迅？……」毛主席不过微微动了动身子，爽朗地答道：「要么被关在牢里继续写他的，要么一句话也不说。」呀，不发脾气的脾气，真彷佛巨雷就在眼前炸裂。我懵懂中瞥见罗稷南和赵丹对了对默契的眼神，他俩倒坦然理解了，我却吓得肚里娃娃儿险些蹦出来……

原载《南方周末》

一群仙鹤飞过

——有感章诒和女士的回忆

最近，中国文字族又出了一件大事，那是章诒和女士写了若干民主圣徒的回忆，它们的传播引起了震撼。诒和的父亲章伯钧先生和母亲李健生女士，在那为人类不齿的「引蛇出洞」的事件中，双双被「邪恶」的铁钳夹住，钉上了十字架。在旋踵而来的「文化大革命」中，午仅二十六岁的诒和，也于一九六八年被囚入了大牢，判了二十年徒刑，在川西的一间劳改农场受难。次年，名人章伯钧就在中国「第一号大右派」的位上，抑郁而终。

然而，「邪恶」万万没有料到，那个被提前释放，却已被折磨了整整十年的女囚，胸中竟藏有一支不世的锐笔。今天，这位自称「无父、无母、无夫、无后」的孤女子，竟拿它来为父母和他们的友人立传，那「无畏、无惧」的正气，再一次败坏了「邪恶」的名声。早知章李夫妇有此豪杰女，「邪恶」也绝不敢把他们打做「右派」的。既然天下冤怨相报，当初没有拿她开膛，今天就得要在她的笔下煎熬。

章诒和写的故事一篇篇地传来，以优美的文字，贯通的情理，诉说那个时代人性的残忍和文明的堕落，人们大都一气读完后才喘息。有人说，女囚徒的才气来自父母的高贵或家境的优裕，我说那都是蓄积已久的洪水，冲决牢笼的思想，是没有力量能阻挡的。她说：「人怕伤心，树怕剥皮。」「邪恶」在中国「关管杀斗」了无数无辜，也戳破了章家两代人的心，她的文字，就是从那些心洞里喷张出来的鲜红的血。

〈越是崎岖越坦平〉是回忆她的父亲章伯钧；〈一片青山了此身〉和〈正在有情无思间〉，分别是未成眷属的罗隆基和史良的故事；〈最后的贵族〉是康有为的次女康同壁和她的女儿罗仪凤；〈斯人寂寞〉着的是铁骨铮铮的诗人聂绀弩，〈君子之交〉中的君子，是执着而淡泊的文士张伯驹。这些回忆是一群「可杀不可辱」的人们的屈辱，是从骷髅般可怕的中国现代史的骨架上，剥下来的血和肉。

章伯钧是政治家，一九二二年在柏林大学攻哲学，由室友朱德介绍入了共产党，而朱德又是周恩来亲自介绍入的党。受哥哥的影响，章伯钧的两个弟弟也都是共产党，长弟操劳早逝，次弟在斯大林清洗中被枪决，都没有尝到共产主义的甜头。章伯钧本人完成学业回国参加北伐，后来又参与南昌起义。兵败后，追随邓演达创建「第三党」（即「中国农工民主党」）。

至于，章伯钧为何脱离共产党？诒和说是「大革命失败后，我的父亲对当时共产党内连续出现的『左倾』路线极为不满。对第三国际亦大有看法。他作为接受西方教育的知识分子也深感自己不能适应」。这大概都是事实，那时陈独秀、毛泽东、张国焘也都对第三国际很反感；而且中国共产党内斗成风，很不成气候。那个激烈反对第三国际的何孟雄，就是被从莫斯科回到上海的王明告了密，操了国民党的刀，杀了自己的人。而中共永远也不敢去追究这件大白事，因为王明的后台是斯大林。

章伯钧有进出共产党的背景，罗隆基则是个「白丁」；他是一个锋芒毕露的政治学者，美式的民主个人主义者。台北《传记文学》是这样为罗隆基立传的：「[民国]三十五年一月，出任出席『政治协商会议』民盟代表；十一月，在记者招待会上表示『民盟』决不参加国大。三十六年一月，发表演讲，赞成共党提出之和谈先决条件；二月民社两党斥罗为中共辩护之演讲；七月，与『民盟』黄炎培、张东荪、章伯钧三人访晤美国杜鲁门总统特别代表魏德迈将军，表示反对内战，为共党张目；……三十七年二月，逃往香港，公开宣布参加共党叛乱，其后北上投共。」罗隆基帮了共产党的大忙，国民党很记恨他。

一九五七年，共产党说要民主党派帮助它整风，主张开「政治设计院」的章伯钧，建议设「平反委员会」的罗隆基，和说共产党搞「党天下」的储安平，是出洞的三条大毒蛇。而真正最刺激毛泽东的可能还是储安平说的「党天下」，惟其名声地位不如章罗。毛泽东亲自罗织了「章罗联盟」的罪名，发表在《人民日报》上。诒和女士回忆，读了〈文汇报的资产阶级方向应当批判〉，章伯钧立即「从文笔、语调、气势上一口断定，这篇社论必为毛泽东所书」，还说「老毛是要借我的头，来纾解国家的困难了」。

而与章伯钧不融洽的罗隆基，却不知内情，两次来到章家，质问：「伯钧，凭什么说我俩搞联盟？」章伯钧答：「我也不知道，我无法回答你。」诒和女士回忆罗隆基「第二次去我家的时候，特意带上一根细木手杖，……临走时，发指眦裂的罗隆基，高喊：『章伯钧，我告诉你，从前，我没有和你联盟！现在，我没有和你联盟！今后，也永远不会和你联盟！』遂以手杖击地，折成三段，抛在父亲的面前，拂袖而去」。

此般的淋漓痛快，亦使我们可以想及，当初罗隆基被周恩来统战于股掌之间，骂起蒋介石、国民党来的掷地有声。说来，中国的「民主党派」中，最有实际能力和操作才干的就数章罗二人，共产党让他们当学非所用的「交通部部长」和「森林工业部部长」，也算是「论功行赏」；而将他们逐出政治殿堂，则是「消除隐患」了。

罗隆基两次去章家骂街的鲁莽，与其说是无知，还不如说是暴于其外的忠厚。事实上，无论「内行外行」或「阴险善良」，在「一党专制」的恶劣环境中，一个皇帝式的领袖要与臣民玩「兵不厌诈」的游戏，那天下就无人不是「白痴」了。而皇帝的「诈术」玩得所向披靡，其乐无穷时，举国上下就鸦雀无声，也即将饿蜉遍地了。

扫清周边，「邪恶」就开始整肃自家人，莫说心胸坦荡的彭德怀、连造神有功的刘少奇，忠实不过的罗瑞卿，和精明有余的邓小平，统统一起遭殃。邪恶的毛泽东，就是这么一个中国历史上「最恶、最恶的恶皇帝」。而今天无耻地瓜分着公产的共产党，还高举着「毛泽东思想」这面「大王旗」，无非说明它是一个货真价实的「强盗窝」。

在中国，一人得势，别人的面孔是热腾腾的；落难了，就冷冰冰了。那些搞政治的人，又是喜欢热闹的，共产党先把他们在火上烤红了，然后用冷水泼上去，再往角落里一扔，入了「历史的垃圾堆」，就很寂寞了。说来，古今都难脱这炎凉俗；而中国共产党却将把它发挥尽致，因为它有一个极端刻薄的领袖，教会了党徒们「站稳立场」的功夫。章氏夫妇高高在上时，未必能交到侠义的朋友；落难后却结识了康同璧张伯驹这样一些「最后的贵族」。

康同璧女士早年遊学世界，在印度大吉岭写下过「我是支那第一人」的名句，连毛泽东也记得清楚。文革前，某日章氏夫妇路便去看康同璧。见一些老人坐在院中。章伯钧只认得其中的载涛。康同璧指那开着白花的树木，对章伯钧说：「这是御赐太平花，是当年皇上（即光绪皇帝）赏赐给先父的。所以，每年的花开时节，我都要叫仪凤准备茶点，在这里赏花。来聚会的，自然也都是老人啦！」接着，罗仪凤把张之洞、张勋、林则徐的后人，以及爱新觉罗家族的后代，逐一介绍给章氏夫妇。

而在文革的风声鹤泪中，康同璧听说章乃器被红卫兵打得半死，而章伯钧又想见见他，便毅然邀请二章在自己家中会面。她在那场「反革命串联」中，盛装出场，诒和说：「康老，您今天真漂亮！是众里挑一的大美人。」康说：「我不是大美人，但我要打扮。因为今天是贵客临门啦！」诒和又说：「他们哪里是贵客，分明是右派，而且还是大右派。」老人道：「右派都是好人，大右派就是大好人。」这就是她的政治立场。

早年康同璧

中国的旧传统是尊重人的，康同璧母女与前清遗老及其后人往还，是人之常情；但她尊重与她没有故旧的，被邪恶糟蹋了的「贱人」，才体现一种不畏强暴的贵族气质。这两个聚会的故事，也引起了我对历史的反思，辛亥革命后，孙中山到北京，先就去故宫拜会了前清皇室；袁世凯接任总统，还把他们留在了紫禁城中。对「被推翻者」的尊重，与法国大革命处死路易十六相比，我以为中国历史上确实有过高于西方的理智。而这些文明却被一个湖南村夫牵引的共产革命，扫荡一空。

张伯驹是一个文物鉴赏家，热衷诗文和戏剧的文士。父亲张镇芳是袁世凯的项城同里，北洋的名人，当过直隶总督。富贵的家世，使他早早就成了与张学良等齐名的「民国四公子」。解放后，他被「新气象」征服了，把收藏的无价的文物尽数捐给了共产党，换来一张奖状。可是，为了如何在京剧中「推陈出新」的小事情，共产党也要把他打成「右派」，画家夫人潘素还要靠画书签来补贴家用。

张伯驹的行路快捷，处事淡泊，在诒和女士的笔下栩栩如生。而他的仗义行为却最令人感动。那位鼓动父亲称帝，而在「政治上」犯了大错误的袁克定，后来非常潦倒，靠章士钊在文史馆给他弄了个名义，每月只有五、六十元的工资，当年一念之差的准太子，已是个十足的贫下中农。张伯驹潘素夫妇无怨地养了他一世，终老在他们家中。

最后，张伯驹夫妇可能也是一贫如洗，才到长春去谋生，但又遇上了文革，只因写了两首「金镂曲」被打成了「现行反革命」。人世的沉浮，贫富的交替，都令人扼腕。诒和女士听说，张家后人在「皇城根」下开饭馆，重新起头。

这些中国金字塔顶上的人，又是有血有肉的。而罗隆基则是一颗「情种」，若说是一位lady's man也再恰当不过；特别是对上层美丽女性，他又有特殊的磁力。那些高不可攀的凤凰，都被他的学识风度和情场无碍的辩才，从枝头上诱得下来。

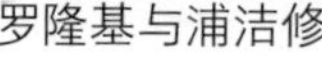

罗隆基与浦洁修

抗战时，罗隆基已经与史良定了情，但见了才女蒲熙修就移了心。我虽没有见过蒲熙修，但见过她的妹妹，彭德怀夫人蒲安修的照片。那是彭德怀与她坐美军飞机到重庆开会，在机场上拍的，蒲安修身着延安大袄，颈缠粗毛围巾，可依然是个绝代佳人。中国「蒲氏三姐妹」很有名气，大姐蒲洁修在「工商界」，二姐蒲熙修是「名记者」，小妹则入了「共产党」。

一日，多情郎与史良女士约会，忽然想起那天是刘王立明女士（早年留美，长期从事妇女福利运动，后来也是一个「右派」）的生日，便匆匆赶到她家。只见她坐在地上流泪，拿着剪刀在剪一块衣料，那是他去年送她的生日礼。他去扶她，拉她，求她。但她不语，也不看他，只是剪，剪，剪，慢慢地把它剪成了一绺一绺的细条。这简直是一出现代的「黛玉葬花」。

「中华人民共和国」第一任司法部长史良

而罗隆基又负了高雅的史良，却执意留下了她的情书。文革前，他辞世后，这些书信都「归了公」。一九六六年底，在「民盟」斗争史良的会上，居然有人当众宣读这些缠绵的情话，来羞辱是年六十六岁的上流妇女；更惊人的是，多年追随党的史良竟昂首抗争道：「我爱他！」这又是章伯钧先生的目睹，他感慨「民盟」竟堕落到这般「下作」的程度。

罗隆基一定是个非常出色可爱的人，否则何至于有此多的高尚仕女倾慕他？即便成了「右派」，他依然风流倜傥，为了情事的挫折，还要找周恩来评理。诒和女士的这些真切记载告诉人们，二十世纪下半叶的中国，除了虚假的「阶级爱」，实在的「斗争痛」，还有被专制捉弄的恋情的尊严。

这些回忆，如一群仙鹤飞过，惊起了健忘的人们的注目；那原本只是一帮文明的信徒，却无端被专横的「邪恶」处罚，于是脱俗成仙。他们早早就在西天净水边栖息；可是东方浊泥上，又长出了绿草和高楼，把他们唤了回来。他们是那么的洁白，那么的飘逸，只瞟了一眼这曾经是非常冷酷，于今又十分淫乱世界，他们不屑一顾，又淡然地归去了。

这些回忆，又如一个女子在一尊巨大丑恶的雕象下，对着无数的听众，诉说着它的邪恶。

这没有灵魂的「邪恶」烦透了，恨不得一脚把她踩死，可是无奈，他只是一具水泥制品，只得任人评说。记得过去有一首煽动世界革命的歌词问道：「东风吹，战鼓擂，今天世界上究竟谁怕谁？」那「邪恶」心想：「我是流氓，我怕谁？」而那弱女子则坦然以为：「我是囚徒，我怕谁？」看来，正义和邪恶，在中国还有一场恶斗。

二〇〇三年八月二十二日

惦念「右派」老孟

「反右」已经过去了五十个年头，我也走完了大半生。经过这邪恶的半个世纪的人，都会认识几个「右派」，我却与「右派」老孟结下了情同手足的友谊。一九六五年我从华东师范大学毕业，被分配到四川省荣昌县（今属重庆市）中学教书，第二年「文化大革命」就开始了，我就认识了当时在县五金公司当售货员的老孟。

老孟叫孟庆臣，山东金乡人，出身贫农，上辈跑关东，他一九三〇年出生于哈尔滨，抗日战争期间回了老家，他很小就随父兄参加了八路军金乡县县大队，战士们背着他行军，他在「八路」摇篮里长大，是认定一生要跟共产党走到底的，他的军龄从一九四四年正式起算，那已经埋没了他的若干年资。他所在的那支冀鲁豫部队转战中原，由地方部队成了野战军，就是后来进军西藏的十八军，军长张国华，政委谭冠三，副政委王其梅[7]。

7 **王其梅**：湖南省桃源县人，一九一三年生，地主出身，一九三三年于北平就学时加入共产党，一九三五年参加一二九学生运动，曾被捕入狱。抗日战争时期，任中共豫东特委书记，新四军第四师三十三团政治委员，第四军分区副政委。国共战争后期，任第二野战军第十八军五十三师政委。中共建政后，任十八军和西藏军区副政委，兼昌都警备区司令员和政治委员。一九五五年授予少将军衔。文革中被指为「叛徒」，一九六七逝世，年仅五十四岁。十年后中共为其平反。

在抗日战争和国共内战中，老孟历大小一百余役。一九五〇年随十八军进藏，昌都战役俘虏西藏噶厦政府要员阿沛・阿旺晋美后，参与转送其去北京签署「十七条」的处置工作。五十年代初，老孟去张家口高级通讯学校受训，并去朝鲜战场实习，结业后回西藏军区，任昌都警备区通讯兵主任，兼地区邮电局局长和党组书记。一九五五年授大尉军衔，年仅二十五岁。

老孟精明干练，慎思而谨言，在拉萨见到过青年达赖喇嘛和西藏噶厦政府诸多官员和上层人士，对西藏有深入了解。又曾伴同西藏军区参谋长李觉（一九一四年生，北平中国大学毕业，解放军少将，后任中共核工业部副部长，负责核武器研究制造和实验）进入印度噶伦堡侦察边界地形和印方边情，并试图联络当地印度共产党。

老孟英武高大，战争经验丰富；但谦虚谨慎，言辞儒雅，不是鲁莽军人。他长期从事通讯工作，因此精通无线电通讯技术，而且熟习各种兵器和军事理论。其教育程度虽不高，却能过目成颂，听一遍当日《人民日报》社论广播，即能复述其中要点。老孟自云是孟子之后，我们一班朋友都认为其能力足以胜任中共大军区负责人。

为缩短后勤补给路线，十八军少量部队进驻拉萨，大部队结集在昌都以东地区。因此昌都是军事重镇，军政负责人由西藏军区副政委王其梅兼任（王在文革中为「六十一人叛徒集团」成员，被摧残致死）。一九五七年，王其梅去北京经年未归，昌都传言他有历史问题。一九五八年西藏军区开展「整风反右」，昌都警备区找不出「右派」。于是就将与王其梅工作关系密切的老孟隔离审查，组织群众揭发他的「反党罪行」；在王其梅返回西藏之前，匆匆将老孟送交军事法庭审判，定为「资产阶级右派分子」，开除军籍，送交地方处理。于是老孟以「军内右派」的罪身，辗转来到荣昌。

老孟的这番身世，使他在文革中同情「造反派」。四川武斗连年不息，荣昌又是出名的武斗中心。我们每年都要逃亡。一九六八年二月间，在逃亡路上，我指着墙上的一排大字标语「以鲜血和生命保卫江青同志」，似问非问地说：「这值得吗？」他很深沉地答道：「党内生活的正常秩序，总有一天要恢复的。」我为之一惊。

老孟与我如兄弟，他的妻子叫朱星侨，因此五个子女叫我「舅舅」。老孟的厄运，竟使这些甥儿甥女，无一受过良好教育。六、七年前，回荣昌看他们，老孟和长女小兰到机场来接，见小兰出落得一表山东女子的端庄美丽，心中却泛起酸楚的往事。

孟庆臣于夫人朱星侨

一九六七年四川大武斗，荣昌发生大屠杀，造反派被杀一百五十余人，县武装部政委李丰林被受害者家属毒打成终身残疾。武斗暂停的那年，城关小学复课，李丰林的女儿与小兰同班，李女无端不刻地辱骂她，小兰就就只得逃学，每日在城外田间遊荡。

一九七〇年，周恩来勾结林彪，利用「部队支左」搞「一打三反」和「清查五一六」，我和老孟都被判成「现行反革命分子」，那时劳改农场超员，我们都被押解农村监督劳动，老孟全家七口去了贫瘠的铜鼓公社。后来林彪自我爆炸，我乘机四方申诉，在北京得到高人侯寓初、仲伟炽夫妇的帮助，经四川省委书记段君毅亲自过问平反，成为全县重获自由的第一人，当地方公检法以为我有「中央后台」，于是老孟和我的其他朋友也都先他人脱离苦境。

王具梅一家

老孟后来也「复出」了，当了芝麻大的「县工商管理局局长」，不久又离休下任。他的才干和忠诚，就这样被残暴的专制和无情的岁月打发了。几年前，老孟发现糖尿病时已是后期，两年多前发生心血管堵塞和趾端溃烂，在重庆西南医院施行手术，冠状动脉里放了三个支架，这家军队医院对这位老军人毫不手软，索费人民币十三万元。荣昌县政府还算仁义，让工商管理局垫付。而工商局又去向老孟诉苦，说他一个人把全局的医疗费花完了，于是我寄了五千美金去救他的急。

我老惦念着他，他也老惦念着我，最近他在电话里告诉我：「地方财政明显有所好转。」我说：「共产党对你，可还是那么刻薄啊。」他笑了笑说：「快回来吧，我们老兄弟还能见一面的。」我说：「政府可能不会让我回去的。」他呜咽了……

二〇〇七年五月七日

全球化败象已露，中国怎么办？

历来，美国在野党的总统候选人预选都很热闹，今年民主党内的角逐更加激烈，原因是布希总统内外政策频频失误，外交孤立，失业高企，民众收入普遍下降，导致各业紧缩萧条。而布希总统又再行雷根时代的减税政策，兼之伊拉克战事军费无度，节源开流，入不敷出，短短的三年执政，已经将国库耗尽。这无疑是「彼可取而代之」的绝好机会，于是民主党就有多人参选。

其实，美国所面临的经济困境，要比表面现象刻薄了许多。前些日子，联储会（Federal Reserve，即中央银行）主席格林斯潘指出，必须削减退休福利和推迟退休年龄。这对广大美国人民来说，无异是「养儿防老」的Social Security（社会安保）的一条噩讯。据统计美国男人活到七十三岁已经死了一半。因此，如果把退休年龄推迟到七十三岁的话，政府欠老百姓的「养老债」就可赖掉一半。而坊间确有传言，说这条年龄限可能要逐步上调到七十，只差三岁就可以「达标」了。

为此，很多人怪罪布希的共和党政府的减税和好战的错误政策，但解决问题的根本办法，却还只能是「开源节流」。然而，美国人生来不会「节流」，只会「开源」；如今天下大行全球化，商界开不出源来，总统也就难为「巧妇」了；而他一味地要把这「无米炊」做下去，那只能是加速通货膨胀。近日，美元贬值，油价暴涨；总有一天，那些开SUV的假阔老们，统统要缩回到「金龟车」里去的。

二月二十六日晚，CNN的「莱瑞・金面对面」（Larry King Live）节目，在洛山矶主持了民主党预选的最后一场辩论。因李伯曼参议员、克拉克将军和先盛后衰的迪恩州长先后退出，只剩下了四人出场：柯瑞和爱德华两位参议员，出生于纽约布鲁克林的黑人牧师夏普顿，和俄亥俄州克里夫兰市选出的众议员库钦尼奇。应了「人多好种田，人少好过年」的俗谚，这次人少，每人发言时间加长，而且言辞有盐有味，妙趣横生，让听众、观众都饱餐了一顿。

在前期预选中，夏普顿，库钦尼奇敬陪末座，对当不当总统候选人已不在意；但二人却有备而来，为的是要把想说的话说透。莱瑞把话题引到小布希反对的同性结婚的道德议题，问当牧师的有什么看法；夏普顿不假思索，曰：「我们要讨论的，不是今天晚上与谁上床的问题，而是明天早晨起来有没有job的问题。」一语中的，博来满堂的喝彩。席间谈到小布希掌政的三年，有二百六十万个职位外流他国，莱瑞请教库钦尼奇有何高见，库钦奇直言不讳：「先取消NAFTA（北美自由贸易区），然后再谈WTO的问题。」言下之意，全球化是美国经济凋敝的祸首，必先除之而后快，台下又是一片掌声。

或许，有人认为这些话过于偏激，我则以为是洞察世事的醒世之言。其实全球化也不是什么新鲜事，上世纪「国际共产主义运动」的浩大声势，那「无产阶级失去的是一条锁链，得到的是一个世界」的诱人口号，我们这辈人还都记忆犹新，如今还有几个笨伯相信？而今全球化的「伟大实践」才不过几年，美国二百六十万只饭碗都送给了全世界；照此办理，再过十个春天，一千万美国人就该去剃头、擦鞋。难道「你剃我的头，我擦你的鞋」，就能算是天下的「第九产业」了？依了我说，捱不过十年，全球化就「往事如烟」。

全球化又是如何始作俑的呢？原来它是随着资讯产业的兴起，国际金融资本「让资本冲破国界」的一番异想天开。即如毛泽东乐道的「共产主义是天堂，人民公社是天梯」梦呓；今天那个花四十美元，就可买得一架DVD的Wal-Mart，与当年吃饭不要钱的「大食堂」，实在相去不远了。而当贪得无餍的「消费者」利益撑饱了，他们的「生产者」地位，也就被剥夺了。话说，真不必太嘲笑毛泽东，天堂天梯的霏霏之想，人皆有之；只不过美国允许夏普顿，库钦尼奇说真话，还不至于让Wal-Mart的经营理念，去饿死四千万黑白大众。

再说，全球化的最大得益者是谁呢？自然是我中华人民共和国。邓小平的改革开放，又正遇上全球化的天赐良机，几千几万亿美元花花注入，在「一张白纸上」画出「世界上最美、最好的图画」来了。于是，高峡出平湖，平地高楼起，得来全不费功夫。中国的确创造了世界历史上「暴发」的奇迹，海外炎黄子孙为之兴奋鼓舞，也是理所当然的。

但是，全球化的好景又会持续多长呢？从夏普顿，库钦尼奇的讲话来看，我以为它长不过十年。我们无法设想，一个充满了创造力，能制造一切的生产国，会在全球化的过程完成后，转型为一个澈底消费国。曾有人对我说，「自由贸易」是美国不可废弃的立国理念；但任何正确的理念，都有它适用的限度，只要超越了这个「度」，就必将走向谬误。

美国以政治制度的优越，思想言论之自由，使其成为创造精神的乐园，世界经济的火车头；而无节制的全球化，必将使乐园荒芜，使世界失去动力，大同的理念也必将换来世界均贫的苦果。而新兴的中国又是否能替代美国领袖世界的地位呢？我羞于对母国人民说：这是奢望；但这却有求于中国政治的改进，和民智的开发；这不仅任重道远，更重要的是中国政府还没有切实改革的诚实愿望。

美国必将逆转江河日下的势头，它的民主制度也一定能解决这个问题，但决心必须基于民意，因此美国的许多重要决定往往滞后。当前的形势很类似于二次大战爆发后，美国民意不愿参战的情况；乃至直到珍珠港事件发生后，全国人民才同仇敌忾，最后以数十万人的牺牲，换来对德、对日战争的胜利。今天夏普顿，库钦尼奇好似先知，实为敢言而已。然而，最后也未必一定是由民主党来捅破这层窗户纸；民气一旦形成，共和党照样可以夺得头筹。这就是竞争的民主政治的优越，也是中国必须实行民选的多党政治的理由。

现在，中国也是WTO的成员；但美国是它的老板，中国只不过是它的一个伙计而已。市场、资本、技术、法理的优势，统统掌握在美国的手中。为自身的利益，美国可以以种种理由和借口重建关税壁垒，使所有的协议都成一纸空文，WTO则可能成为远不如联合国的一个议而无决空壳。我们的问题是，中国领袖们对此有没有危机感呢？我不敢说他们没有，但至少是不足。否则，他们为什么会不断描绘未来「引进外资」的巨额「画饼」呢？否则，他们怎么会化钜资去营造「北京歌剧院」那样的「形象工程」呢？去年那位说话一个字一个眼的温总理，在纽约对商界发表讲话说：「中国将继续向世界提供廉价的劳动力。」我顿时明白他完全不了解美国的民情和国情。

在这个世界上，没有抽象而空洞的「全球利益」，每个民族和国家都只能「自求多福」。最近读到一则令人不快的新闻，是关于宾州大学中国留学生组织，对何清涟女士预定的演讲内容有所非议，乃至使直言国情的何女士不得不取消了她的演说。众所周知，新一代的中国留美学人，都喜欢戴「精英」的帽子，而宾州大学的中国精英们拒绝认知危机的「爱国情节」，更使我敏觉到到深重的民族危机，这也是命我写下这篇危言耸听的文字的动机。

二〇〇四年三月五日

新按：这是二〇〇四年美国大选初期，我写的一篇展望，那是在全球金融危机发生的三、四年前。今天我并不是川普的支持者，但川普的当选，证实了这篇文章的某些预期，即「全球化」遇到了严重的问题。全球化早期动机是美国金融集团企图在世界范围内制造利益最大化，近期动因则是美国大众追求廉价消费，这一推一就导致美国成为全球化的魁首；而今天美国金融业和人民大众都已尝尽其苦，一则大量普通百姓得不到固定工作和体面收入；反之大银行又因为的过度借贷，造成全球产能过剩。尽管联储局实行接近零利率的政策将近十年，但同时又把银行借贷杠杆缩短到自有资金的十倍，而十年前是疯狂的四十二倍，这使得银行不仅资金短缺，而且世界性的重复投资令之失去继续投资的勇气，因此资金流动非常缓慢。再加上始料未及的科学技术突飞猛进，造成石油和天然气严重过剩，美国煤矿大部停业，三分之二的能源企业处于亏损，或破产运营状态（期间停止支付银行债务本息），这给金融业带来又一轮困难局面。所以我预料，如果全球化的局面不变，世界经济将面临长期的停滞。美国要想摆脱这个局面，重建壁垒是不多的一个选择。事实上，没有美国的意愿，全球化就会瓦解。川普做不做得到就看有一张大嘴的他，有没有管用的大脑了。

二〇一六年十一月十日

讥评：金正日之子可能接班

全面学习「唇齿相依」的朝鲜党的经验，在我党领导人的子女中选拔接班人的工作应该切实予以重视了。金日成同志的实践，和金正日同志的卓越表现，证明毛泽东同志说的「举贤不避亲」是高于巴黎公社原则的高瞻远瞩。事实上，十月革命成果的败灭是「非子弟」接班的后果。赫鲁晓夫的出身甚至比陈云同志更好，但他对斯大林同志主持的肃反工作的怀恨，是他发表那个「苏共二十大讲话」的诱因，而这一讲话又是国际共产主义运动分裂和受挫的启端。如果，苏共当初能在斯大林同志的家属中，找到象金正日这样的有血亲的同志，今天的情况就可能就完全不一样了。

另一方面，我党历史有许多曲折，在毛泽东同志发动的政治运动中伤害了不少人，其中又有许多自己的同志。邓小平同志和陈云同志能顾全大局，继续维护毛泽东同志的形象，是基于苏共失败的历史经验，也是基于他们在长期革命斗争中磨练出来的党性。然而，我们不能担保所有的老同志都不是赫鲁晓夫式的人物，胡耀邦同志和赵紫阳同志就表现了动摇的立场，他们在党内还有很大的市场。而刚刚有一点苗头，有一点出现赫鲁晓夫的可能性，小平同志就果断地将它掐死在摇篮中。小平同志就罢免耀邦和紫阳同志，但也是挽救了他们。

胡锦涛同志虽然出身不好，但思想意识好；能选拔出胡锦涛这样一个能与金正日媲美的好同志，是宋林同志领导组织工作的重大胜利，但这种胜利仍有随机性。在胡锦涛同志之后，是否还能找到一代继一代的胡锦涛同志，是比较困难的，组织工作难免会失手。而在领导同志的血亲中选拔和培养接班人，则可以大大减少失手的可能性。事实上，金正日同志稳定的地位已经证明，即便是经济生活非常困难的朝鲜人民，最终还是选择了他。

我们不可能把事情想得太远，首先是要使我党能超越苏共，顺利执政一百年；然后才是两百年，或三百年。我们很可能不能避免慈禧同志领导反自由化的失败结局，但那也不能证明西方假民主的普世性，而只是证明东方治乱循环的必然性，我们的成败都将无愧于毛泽东同志。

二〇〇五年二月五日

附录：美国之音〈金正日之子可能接班〉

北韩最近一则广播显示，北韩领导人金正日正在为他的一个儿子接班创造条件，但是他的计画面临一些问题。韩国情报专家说，最近北韩广播电台的一则评论是一个迹象，显示金正日打算把权力最后移交给他的一个儿子。韩国媒体说，北韩电台的评论援引金正日的话说，他将根据他父亲、北韩第一位领导人金日成的指示，帮助他的一个儿子接掌领导权。

北韩是历史上唯一一个既奉行斯大林式共产主义，又遵循把权力由家族成员代代相传的儒家传统的国家。金正日在为掌权而准备了几十年，终于在他的父亲一九九四年去世之后接掌了最高领导权。

有关专家说，最近这则广播再现了一九七〇年代的情况，当时平壤开始树立金正日的公众形像。他的父亲金日成那时六十来岁，和金正日目前的年纪相仿。金正日至少有三个儿子，但还没有一个被特别指定为接班人。

專家：不清楚哪個兒子接班

在汉城的「国际危机组织」跟踪北韩事务的贝克说，金正日这样做是出于万全的考虑。他说，「虽然他们都是他的儿子，但是他不希望把宝押在一个人身上，现在还不清楚到底他的哪个儿子会成为接班人。」

据说金正日有过三次婚姻，第二次婚姻生了一个女儿，专家们认为这个女儿接班的可能性微乎其微。金正日第一次婚姻生下长子金正南，三十四岁。根据儒家传统，他一直被认为是金王朝的接班人。贝克说，情况可能在二〇〇一年发生了变化，当时金正南和家人因为试图用假护照遊览东京迪士尼乐园而被拘留。贝克说，「当时北韩正在从严重的饥荒中恢复过来，因此人们难免要问，在这个年轻人心里，什么才是重要的。」金正日在第三次婚姻中生了两个儿子，二十四岁的金英哲和二十二岁的金正恩。专家们认为金正恩可能是接班人。

金氏家族成员在北韩有很高地位，几乎是受人崇拜。北韩观察人士说，这其实是权力移交中的挑战。一个问题是，金王朝的奠基人金日成受人尊敬，因为他在二十世纪初期领导游击队反抗日本殖民统治，历经苦难，也因为他在一九五〇年代韩战之后领导人民重建家园。

黄長燁：幾個兒子都無掌權氣魄

一九九四年投奔汉城的北韩最高级别的官员黄长烨说，金正日的几个儿子，都没有能力继续金氏家族的辉煌。黄长烨说，「无论谁接班，都缺乏长期掌权的气魄。」金正日缺乏他父亲的战士美誉，很多分析人士认为这令他在政治上显得软弱。他的儿子也被认为欠缺他们祖父的形像，他们沉湎于绝大多数北韩人望尘莫及的财富享受中。

北韩广播中谈论接班人问题的同时，对金正日本人权力控制的猜测也甚嚣尘上。最近几个月来，来自北韩的报导说，金正日的肖像从一些公众场所取下。上个月，一个据说在北韩拍摄的录影画面显示，金正日的一幅肖像被涂污。

金正日已靠邊站？

道格拉斯·信是一名基督教活动人士，自称和北韩方面有广泛的联系，他甚至说金正日已经靠边站了。他说，「我认为，现在北韩基本上是由一个或者几个将军打着金正日的幌子在统治。他们可以在任何需要的时候躲在金正日后面。」道格拉斯·信说，北韩官方越来越强调党和金正日身边的军方领导人的作用，而不是金正日本人，这可能暗示将来会有更广泛的权力分配。

因为对金日成的个人崇拜几十年来一直被用来表明金氏政权的合法性，很多北韩专家认为，金正日死后，北韩政府不可能维持很久。金正日的儿子被认为和他们祖父的形像相差太远，无法赢得公众的支持，而北韩似乎还没有一个在金氏家族以外选择一名领导人的机制。这可能意味着会出现权力斗争，从而使得政府无法有效运作。

从西藏问题忧虑中国的未来

最近西藏出了很大的事情，有人要独立，要脱离中国。于是有人问：西藏是不是中国的一部分？我想这是毋庸置疑的，是连达赖喇嘛认可的事实，也是世界主要大国一致认同的；但西藏是不是永远「不可分割的领土」？却是值得我们忧虑的。外蒙古不曾经也是中国的一部分吗？但是由于满清政府的不思进取，和一时振奋人心的「驱除鞑虏」的错误口号，沙俄、苏俄势力的乘虚离间，外蒙古脱离中国已经将近一百年了。

事实上，今天不仅有「藏独」、「疆独」、「蒙独」，还有「汉独」。李登辉、陈水扁不都是汉族吗？即便是那个台湾新出选的蓝色总统马英九，也声称独立是台湾人民的一个「选项」，而且还预设了大陆政府所绝对不能接受的「六四不平反，统一不能谈」的先决条件。那么，为什么就不能说马英九是一个「准台独分子」，或者是一只「比达赖喇嘛更阴险的披着羊皮的狼」呢？

既然，台独不是民族问题，藏独也不可能完全是民族问题，这些问题是不能用「领土归属」的讨论来解决的，即如「西伯利亚是三百年前俄国强占去的」，亦如「阿拉斯加是一百年前美国用钱买去的」，于今又有什么意义呢？即便「天安门广场是祖国的心脏」，难道有主权的政府就可以在广场上为所欲为了？当前「诸独」气焰嚣张，主要可能还是在于中国的政治有问题，而这是有根据的。

例如，四月二日西藏自治区党委书记，西藏军区政治委员张庆黎讲了一席《同达赖斗争，否则「红旗落地人头搬家」》话。他说这场「平乱」是：「以胡锦涛同志为总书记的党中央坚强领导、英明决策的结果，是中央赴藏工作组精心指导、参战部队英勇善战、广大干部顽强战斗、各族群众大力支持的结果……只要西藏各族人民一心一意跟党走，团结一致、众志成城，就一定能够把达赖集团的嚣张气焰打下去，西藏一定会在有中国特色、西藏特点的发展路了上迎来更加美好的明天……达赖集团虎视眈眈，磨刀霍霍，我们决不能高枕无忧，刀枪入库，马放南山。否则，就要红旗落地，人头搬家，各族人民的幸福生活付诸东流。」

发表在官方的《西藏新闻网》上的这篇言必称「胡锦涛同志……坚强领导、英明决策」讲话的对敌斗争语境，与温家宝希望达赖喇嘛发挥影响安定西藏的温和措词适成反照。这位山东基层知识青年出身的「驻藏大臣」的治藏方针是什么呢？是恐吓西藏人民惟「一心一意跟党走」，否则不仅「幸福生活付诸东流」，而且「就要……人头搬家」。这些毛泽东在六十年代初启用的「红旗、人头」，或曰「你不杀他，他要杀你」之类的狠毒词语，就是文革暴力和武斗恶果的源头，就是中国走到「崩溃的边缘」的起步。读了张庆黎说的这些久违了的隔世话，更有藏汉对立愈演愈烈的不良预感。

说来，汉藏文化反差非常大，吐蕃民族在六、七世纪兴起以后，一度四方征伐；而一旦皈依佛教，就完全变成了一个内敛虔诚、顶礼膜拜，笃信轮回转世，而且与外界无争的民族。我们这个几千年世俗无神汉族，则是「成王败寇」的天然信徒。藏民族在雪域中物质匮乏却内在宁静，产生了许多思辨卓越的智者，因此蒙古人历来是服藏族而不服汉族的，自八思巴成为忽必烈的良师益友，元朝十四位帝师统统都是藏族；而今世达赖在西方讲经，动辄听众千数、万数、十万数，乃至成为与教皇保罗齐名的世界级精神导师，西方人与蒙古人同样识货。

藏族本分卫藏、康巴、安多三系，四川康巴藏族和甘青安多藏族的祖先是唐代以后「蕃化」了的西羌部落，他们自认与北方民族有血缘联系，故尔康巴与蒙古、突厥在藏语中同谓「霍尔」，实质就是中原之谓北方民族的「胡儿」。而元蒙、满清两代都是北方民族建立的政权，因此康巴藏族历来有亲中央政府的心态。民国以后设西康省，金沙江以东归四川军阀刘文辉管治，与康巴藏族相安无事；而当初组建「西藏共产党」的要员也多出自康巴。

然而，唐宋元明、满清民国都能「因俗而治」善处西藏，为什么独独共产党与它搞得水火不容呢？原因并不在于「共产」，而是共产党喜欢干预精神生活，又特别仇视各类宗教；而藏族是一个精神高于物质，来世重于现世的群体，因此就与共产党格格不入了。

五十年前，共产党首先在康巴地区推行「民主改革」，而相当重要的改革矛头是针对寺院，因此激起一九五七、五八年间康巴暴乱。后来，一些起事失败的康巴聚集到拉萨，他们就是一九五九年西藏「全面叛乱」的主力。从此，在原本最亲汉亲中央的康巴藏族中，产生出了一批最激烈的藏独分子，这是共产党不可挽回的错误，也是撕裂藏汉两族的一个起头悲剧。

近三十年前，以胡耀邦为代表的党内明智派对治藏错误有深刻的反省，而今天的共产党吸取教训了没有呢？请看张庆黎四月二日还说：「各级党政组织一定要把认清达赖集团的反动本质作为前提，把统一党内和干部队伍思想作为关键，把做好基层群众工作作为基础，把强化青少年教育作为根本，把促进民族团结作为主题，把深化寺庙爱国主义教育作为重点，把加强社会管理作为保障，把加快发展和改善民生作为核心，不断夯实反分裂斗争和实现长治久安的思想基础、组织基础、群众基础和物质基础，筑牢反分裂斗争的钢铁长城，努力夺取反分裂斗争的全面胜利。」

这些「前提—关键—基础—根本—主题—重点—保障—核心」，都是笔杆子们的修辞，内容则大都不离枯燥的「教育」二字，实质则是「强化—促进—夯实—筑牢」毫无效能，却又是胡锦涛最爱的「意识形态管理」。其中「加快发展和改善民生」，是要已经济手段解决民族问题，尽快把藏族纳入世俗汉化的生活；而「深化寺庙爱国主义教育」，则体现了胡锦涛处理宗教问题的左倾蛮干路线。

本作者行笔至此，网上又传来四月二日四川甘孜出事，原由是政府强制推行新的爱国主义教育运动，但东谷寺的喇嘛们拒绝奉命谴责达赖喇嘛，于是军警逮捕了两名持有达赖喇嘛象的僧人；结果东谷寺近四百名喇嘛去当地政府示威，另有约四百位民众响应参加，官员同意晚间八时释放被捕者，僧民才散去；结果政府没有按时放人，僧民又重新聚集，军警则开火，据说有多人死亡，还说死者都是有名有姓的。

笔者没有眼见为实的证据，但以张庆黎说的「深化寺庙爱国主义教育」，甘孜东谷寺发生反抗教育，乃至发生「参战部队」开枪滥杀事件，则是有线索可循了，中国的边疆政治的确出了问题。之于北京的那些毫无创意的党首们，西藏是他们手中捏着的麻雀，台湾是他们可望不可及的树上的麻雀。我看他们是要雷厉风行地把手中的麻雀捏死，然后把树上的麻雀吓飞，做了真正的分裂祖国的民族罪人才心安理得。

二〇〇八年四月四日

附录：【西藏新闻网】记者高玉洁、旦增文章

张庆黎：同达赖斗争否则「红旗落地人头搬家」

四月二日上午，在平息拉萨市「三·一四」打砸抢烧严重暴力犯罪事件、西藏社会局势不断好转的重要时刻，自治区党委、政府再次召开全面深入扎实做好维护社会稳定工作电视电话会议，最广泛地动员和组织西藏各族干部群众，认真贯彻中央指示精神，高举维护社会稳定、维护社会主义法制、维护人民群众根本利益的旗帜，万众一心，同仇敌忾，再接再厉，乘势而上，全面深入扎实地做好维护社会稳定各项工作，确保夺取这场反分裂斗争的澈底胜利，确保北京奥运会圆满成功，确保全面建设小康西藏各项事业顺利进行。

自治区党委书记、西藏军区党委第一书记张庆黎出席会议并发表重要讲话。自治区党委副书记、自治区人大常委会主任列确传达了中央有关指示精神。自治区党委副书记、自治区主席向巴平措主持会议。中央统战部副部长斯塔、公安部副部长张新枫、武警总部副司令员霍毅、成都军区参谋长艾虎生、武警总部副参谋长牛志忠、全国妇联副主席巴桑及自治区领导张裔炯、郝鹏、董贵山、王增钵、巴桑顿珠、吴英杰、王宾宜、崔玉英、洛桑江村、白玛赤林、金书波、尹德明、公保扎西等出席会议。

张庆黎在讲话中说，三月十四日，在境内外「藏独」分裂势力的策划煽动下，拉萨市发生了打砸抢烧严重暴力犯罪事件，人民群众和国家财产损失严重。这充分表明，我们同达赖集团的斗争进入了又一个新的尖锐复杂时期。达赖集团终于撕下了「和平」、「非暴力」的面具，同我们面对面地展开激烈较量，成为影响西藏发展稳定的最大障碍和最现实的威胁。

事件发生后，自治区党委、政府面对严峻斗争形势，坚决贯彻中央重要指示精神，采取了一系列有力措施，迅速统一思想认识，形成统一高效的指挥系统；采取坚决果断措施，迅速平息事态；加强协同作战，形成强大战斗合力；广泛深入发动群众，打牢斗争基础；强化舆论引导，积极打好宣传主动仗，取得了这场斗争的阶段性重大胜利。艰难困苦，玉汝于成。目前，拉萨局势趋于平稳，社会秩序逐步恢复，正在朝着好的方向发展。

这是以胡锦涛同志为总书记的党中央坚强领导、英明决策的结果，是中央赴藏工作组精心指导、参战部队英勇善战、广大干部顽强战斗、各族群众大力支持的结果。特别是西藏广大离退休老干部，和我们党长期风雨同舟、合作共事的党外领导干部以及宗教界爱国爱教人士团结一心，共同努力，为维护西藏社会稳定发挥了重要作用。

这充分说明，有中国共产党的坚强领导，有中国特色社会主义理论体系的正确指引，有西藏各族人民的团结奋斗，我们就没有战胜不了的风险，就没有打不垮的敌人。西藏的历史不容篡改，西藏的发展进步是任何反动势力也阻挡不了的。只要西藏各族人民一心一意跟党走，团结一致、众志成城，就一定能够把达赖集团的器张气焰打下去，西藏一定会在有中国特色、西藏特点的发展路子上迎来更加美好的明天。

张庆黎指出，面对开始好转的形势，我们必须清醒地看到，目前西藏的稳定基础还不够牢靠，一些事关稳定的关键性问题还没有得到有效解决，形势依然非常严峻。西藏上下一定要认真学习、深刻领会中央关于西藏稳定工作的一系列指示精神，在思想上毫不放松，行动上绝不松懈，切实做好应对各种风险和挑战的准备。要深刻认识到这起事件是达赖集团蓄谋已久、长期准备、精心策划的又一次分裂活动，其根本目的就是搞「西藏独立」、分裂祖国；要深刻认识到国际敌对势力西化、分化我国的政治图谋没有一点改变，他们的终极目标就是要颠复社会主义中国；要深刻认识到当前形势的严峻性，决不能满足于已经取得的成绩，必须始终保持清醒头脑，时时加强戒备，处处严加防范，决不能让达赖集团的阴谋得逞；要深刻认识到我们的工作基础还比较薄弱，下决心做好强基固本的各项工作。这次打砸抢烧严重暴力犯罪事件再次给我们敲响警钟，达赖集团虎视眈眈，磨刀霍霍，我们决不能高枕无忧，刀枪入库，马放南山。否则，就要红旗落地，人头搬家，各族人民的幸福生活付诸东流。

历史和现实都告诉我们，我们同达赖集团进行的渗透和反渗透、分裂和反分裂、颠复和反颠复的斗争是长期的、复杂的、尖锐的。这场斗争关系巩固党的执政地位、关系维护国家安全统一和社会稳定，关系国家和中华民族的根本利益。能不能保持清醒的政治头脑，立场坚定、旗帜鲜明、措施有力地开展这场斗争，是对各级党政组织和党政领导干部的严峻考验。

张庆黎说，拉萨乃至西藏当前的局势来之不易，我们一定要倍加珍惜，乘势而上，澈底平息事态，进一步巩固和发展已有成果。西藏各级党政组织一定要讲政治、顾大局，站在维护好人民群众根本利益的高度，全面深入扎实做好维护社会稳定各项工作，在巩固西藏局势基本稳定的基础上，尽快把社会秩序恢复到正常状态，确保在「五一」国际劳动节来到之前以开放的形象、良好的环境迎接国内外遊客。

在工作要求上，要全面、深入、扎实，把各项工作往细里做、往深里做、往实里做、往前面推。一要保民生，尽快让群众恢复正常生活；二要保服务，尽快让群众方便无忧；三要保旅遊，尽快让国内外遊客进藏观光。

张庆黎指出，西藏上下要集中开展党员教育活动，全面加强基层基础工作，集中开展面向全体党员的「反对分裂、维护稳定、促进发展」主题教育活动，确保党员充分发挥先锋模范作用，基层党组织充分发挥战斗堡垒作用。要抓大头，下功夫抓好农牧区全体党员和各级干部的集中教育活动；抓重点，在机关、学校、企业、城市社区等单位有针对性地开展集中教育。

抓班子，全面整顿和建设基层党组织；抓关键，切实做好群众工作，加强「三个离不开」的教育，不断巩固各民族的大团结；加强新旧西藏对比教育，加强对青少年的教育，用事实教育引导广大群众擦亮眼睛，看清楚达赖想干什么，看明白达赖都做了些什么，真正让群众懂得团结稳定是福、分裂动乱是祸的道理，不断打牢反对分裂的群众基础。

张庆黎指出，发展和稳定始终是西藏的两件大事，没有稳定难以发展，没有发展难以有长久的稳定。我们必须坚持稳定和发展两手抓，做到两促进、两不误，绝不能让这次事件迟滞西藏发展进步的步伐。当前要突出抓好春季农牧业生产，迅速掀起春季农牧业生产高潮，为实现全年农业和农村经济发展目标开好局；要狠抓专案落实，确保近期再有一批新的专案开工建设；要下大力气抓好重点行业、重点企业的生产经营，特别是要做好各种物资的供需协调；要全面抓好改革开放，努力在完善体制机制上取得新突破。总之，只要我们坚定不移地走有中国特色、西藏特点的发展路子，着力推动经济社会又好又快发展，不管达赖集团如何变换手法，怎样破坏渗透，我们都能始终稳如泰山、坚如磐石。

各部门党政一把手一定要进一步强化政治意识、大局意识、责任意识、忧患意识，切实承担起维护社会稳定的第一责任，切实把维护稳定的各项工作措施和要求落到实处。各级领导干部一定要忠于职守，旗帜十分鲜明，立场十分坚定，经受住这场血与火的考验。对违犯政治纪律和组织纪律的党员、干部，一定要追究责任，严肃处理，决不姑息。

最后，张庆黎说，经历了这场浩劫的西藏人民，倍加感受到祖国大家庭的温暖，更加体会到民族大团结的重要。我们坚信，有以胡锦涛同志为总书记的党中央的坚强领导，有无限宽广的中国特色社会主义的康庄大道，有无比温暖的祖国大家庭，有听党指挥、服务人民、英勇善战的人民子弟兵和忠于党、忠于祖国、忠于人民、忠于法律的公安民警，有西藏各族干部群众同全国各族人民的紧密团结，我们一定能够粉碎达赖集团分裂祖国、搞乱西藏的阴谋，澈底夺取这场斗争的全面胜利，迎来西藏更加美好的明天！

寻找解决西藏问题的共同点
——藏汉会议和与达赖喇嘛见面记

国际藏汉会议于八月六日在日内瓦陆际饭店开幕，来自世界各地的作家、学者、民运人士和新闻从业者一百多人与会。我作为历史与民族学者受邀与会，且有内人同行，它是由国际和解协会和瑞士西藏友好协会筹办，流亡政府涉汉事务官员主持，达赖喇嘛作书面和即席讲话，政治学者严家祺作邀请发言，流亡政府首席部长桑东仁波切（仁波切意为宝，喇嘛的敬称）全程出席了为期三天的会议。

这个主题为「寻找共同点」的族际会议适逢其时，达赖喇嘛出境流亡已经过了五十周年，他的非暴力主张为西藏人民的苦难博得了举世的关注，而上月初乌鲁木齐发生的恶性事件，又标志中共死硬的民族政策已走入空前困境。在如此严重的态势下，北京高层有拖无决，它内部则不可能不反思：西藏和新疆问题还得再拖二十年吗？

两个月前在达兰萨拉认识的旺珍拉姆小姐也从印度赶来，她的外祖父是阿坝地区藏族头人，文革中受到严重迫害；旺珍拉姆的母亲是流亡政府藏汉和谈工作小组的成员之一，当年去新疆支边时与一位南京支边青年结合，育有子女数人。旺珍拉姆和母亲认同西藏，不畏艰苦来到印度参加流亡事业。内人张甯华女士也是南京人，听到如此感人的乡里故事，不禁流下了眼泪。

共产党是中国民主事业的大敌，而且它又把解决民族问题扭曲成「反分裂斗争」，这就使某些追求民主的勇敢人士，在民族问题上反而畏缩不前。然而近年这种状态大幅转变，这要归因于西藏流亡政府不断努力和达赖喇嘛在世界上的崇高威望，也要归因于曹长青、茉莉、盛雪等汉族作家经年为西藏人民大声疾呼，这次藏汉精英在日内瓦「寻找共同点」，实际是他们思想合流的水到渠成。

整个会议显得轻松和谐，各种观点都能得以表达，与会者的普遍情绪是：同情西藏人民的处境，欣赏达赖喇嘛的人格，怀念胡耀邦的民族政策，厌恶北京的歪曲宣传。虽然也有几位台湾和原大陆人士表现了对西藏独立的个人期望，但远没有达到有人宣传的「绑架大会」或者「误导达赖喇嘛」的效果。当然，达赖喇嘛也不是一个轻易能被误导的人。

共同点的中心是达赖喇嘛的「中间道路」，这条道路核心则是「在中华人民共和国宪法的框架下实现名副其实的自治」。这不仅是因为中华人民共和国宪法还有民族自治的操作余地，留在中华人民共和国内也有利于西藏的经济发展，达赖喇嘛的回国更会有利于解决全中国的民族问题。因此，这个能够创造多利多赢格局的共同点，也应该是中国共产党的需要，除非它没有政治智慧。

香港《亚洲周刊》会后报导，以新华社为背景的《新华网》认为这次会议是「达赖与海外动乱分子的新勾结」。事实上，一些有亲北京立场的海外新闻专业人士也应邀与会，他们在会上也都畅所欲言，会后则先声发表报导或评论，当然也会将达赖喇嘛的善意报送北京政府，因此《新华网》的「新勾结」说法非常不当，是一种过时的「阴谋思维」。

八月七日的上午和下午，于陆际饭店的十八楼，达赖喇嘛和桑东仁波切分别会见严家祺先生，达赖喇嘛驻北美代表处贡噶扎西先生作翻译，我均出席作陪。达赖喇嘛对这次会议非常重视，他很恳切地对严家祺先生说：「最重要的是争取知识分子，如果能够争取到一千个知识分子，就是一个很大的成功。」我想，这次会议本身就是达赖喇嘛与海外汉族知识分子的一次直接互动。

一九三五年，达赖喇嘛出生于青海省湟中县的一个农家，因此外间都很关注他的健康，而北京方面则期待着他的圆寂。这是我第三次见到他，他看上去很健康，袈裟裹着一副壮实的身骨，可能是由于性格的开朗，所以完全看不出他是一个七十四岁的人。据说他去年切除了胆囊，那只是很小的常规手术。北京当局对他的健康和长寿，或许还需要作更长期的思想准备，在期待中不要贻误了自己的时光。

达赖喇嘛也懂一些汉语，不仅会说：共产党、毛主席、社会主义、帝国主义，也会说：完全同意；有时还与翻译讨论用词。之于一个磨难成的名人，恭维或许是另一种折磨，上次在印度北部达兰萨拉我就注意到，他对漫长的恭维会很沉静，但是一旦有新鲜话题就会兴奋起来，有时还会插话，使谈话变得非常热烈。他对下属也很客气，我不懂藏话，只觉得他们是在商量着什么，他没有一点居高临下。记不得在什么地方读到，连毛泽东也说他的态度好。

他对科学似乎特别有兴趣，在达兰萨拉有人介绍我过去是学物理的，他的眼睛就一亮。这次我请他在一本他谈科学的书上签名，他看了一下书名，然后对我说：「是我写的，我只是半个科学家。」据说他对下属说过，如果佛学与科学有抵触的话，不要随意地反对科学。他曾经说自己是一个「觉悟了的人」，我认为这是一个深度觉悟了的僧侣，在面对挑战时对宗教更深度的信心。

达赖喇嘛的「中间道路」是一种令人无法拒绝的低诉求，但是北京当局还是以最专横的语言欺凌他。这位受了五十年折磨的谦卑僧侣，却以悲天悯人赢得了世界的认同，不止一个西方人对我说，他的影响已经超过罗马教皇。人类历史只产生过不多的几位圣人：释迦、基督、甘地……，在达赖喇嘛的身上我也看到了一种脱凡的圣性，青海省湟中县无疑也将呈献这位藏家子加入这个荣耀的行列。

严家祺曾担任中国社科院政治研究所所长。他对达赖喇嘛说，邓小平以为只要解决温饱，就可以解决一切社会问题，事实证明邓小平想错了。近来中国经济发展颇有成绩，但突发事件愈闹愈多，愈闹愈大，去年的西藏事件和今年的新疆事件表明民族政策和宗教政策都有问题，而且是金钱物质所解决不了的大问题。但是，北京领导人的胆子却一代一代愈来愈小，他们要名誉要地位，然而谁也不敢做决定，谁也不愿负责任，甚至不愿对共产党的未来结局负责任。

严家祺对达赖喇嘛回国表示极大的关切，他不仅认为这是达赖喇嘛作为中国公民的无条件的权利，而且认为它可以是中共解决民族和宗教问题的一个举重若轻的切入点。他认为达赖喇嘛第一步可以先去五台山朝圣，这将是西藏流亡政府和中央政府的和解的象征，一定会受到世界舆论的欢迎。严家祺向达赖喇嘛建议，对于未来的自治区域和方法，可以在他回国以后进行协商，不必成为今天的障碍。

达赖喇嘛回忆近二十年前在巴黎见到严家祺的情景，他说他对北京政府二十年的作为很失望，但对中国知识分子却愈来愈有信心。达赖喇嘛指出不要过分地纠缠历史，历史也未必能规定现状，只是中央政府有些说法不合理，譬如元朝统治过西藏，就说西藏自古是中国的一部分；那么元朝统治过中国，中国又是不是蒙古的一部分呢？今天西藏必须依附于一个大国，最好就是中国，这不仅是因为藏汉两族历来相处得很好，而且留在中国对西藏的经济发展有利，对藏人的物质生活有利。

对历史和现实，对人民的物质利益，达赖喇嘛都持客观的态度。这时我打断了他的讲话，他立刻就停下来听我说，我用英文对他说：We are not only searching for the fact of histor, but also the solution for the future.（我们不仅要探究历史的事实，而且要寻求未来的答案）他听了以后很表赞同。

会议最后一天达成《共识》，这份求同文件说到：「中华人民共和国政府所宣称的『西藏自古以来是中国的一部分』与历史事实不符。」近一百名与会者无人提出异议，因为这不是否定今天西藏是中国的领土，而是肯定这种现实格局的更理性的态度。否则，若唯有自古以来的领土，才是未来不可分割的领土，那么西藏反而可能有分离出去的借口了。

桑东仁波切是一个思维缜密的学者型人物，他在开幕式后回答问题，也是提供西藏方面的全面立场，有些问题相当尖锐，如对「在中华人民共和国宪法的框架内实现名副其实的自治」的可能性的质疑，他则以「权利的可实现性」作的理性阐发，表达对未来充分现实的估计，予我以深刻而悲情的印象。

在与我们私人见面时，严家祺问到麦克马洪线以南的领土问题，我画了一张草图，仁波切在上面用藏文和英文标明了几个宗（县）的位置。我注意到他不仅对国际条约、地理水系了解得非常清楚，自己的立场也毫不含糊，而且对历届中央政府的态度非常尊重，显然他明白边界问题是必须由中央政府和印度政府来解决的。我想他的这种态度也能为未来流亡政府与中央政府的合作创造了优良的气氛。

在讨论《共识》中关于「藏人的民族自治权，政治选择权，宗教信仰的权利」的时候，会场上发生较激烈的争论，一部分人认为应将「自治」改为「自决」；另一部分人认为《共识》主要面对中国大陆的广大民众，当前民众的觉悟尚未及理解「自决」的程度，而且往往将其误解为「独立」的诉求，故尔「自治」实为较少阻力的用字。争论相当激烈，最后以表决通过已公布的文件。

这次会议非常成功，藏方对汉族知识分子有高度的期望，但又对各种不同意见表现了高度的理性。尽管与会汉族人士对北京方面的错误政策有不同的批评程度，但又对西藏人民抱有一

达赖喇嘛与严家祺朱学渊合影

致真挚的善意，可以展望藏汉两族民间交往会进一步发展，达赖喇嘛中间道路的具体内容会在两族的互动中得到进一步的完善，从而得到两族人民更多的拥护和支援。

二〇〇九年八月十六日

不缺时势，但缺变数
——对薄熙来、习近平的期待

半年多以前，《动向》主编张伟国先生曾经和我闲聊薄熙来的政治前景，那时在我们看来，中共指定习近平、李克强两人主持未来十八大政治局常委会的格局已经基本确定，薄熙来已经出局。然而，此后事态急遽发展，薄熙来和胡锦涛高调地对着干，他好像也在准备接班，情况可能发生逆转，确定的因素已经变得非常不确定了。

一年多来，薄熙来主持工作的重庆市频频出状态，他发动了一场「打黑除恶」运动，把矛头指向公安系统，不仅重判决若干司法要吏，而且处置了一批基层干警，因此大获了重庆的「民心」。八一建军节的那几天他又搞了一个「红色经典歌曲演唱会」，各地高干子弟纷纷前去歌咏。见新一代「无产阶级革命家」升起，国内毛派无不欢欣鼓舞。然而「打黑运动」枝节横生，司法界为之哗然，不少海外自由派人士对薄熙来行为的动机和后果，也持严重的批评意见。

薄熙来和习近平是中共元老薄一波和习仲勋之子，在党内的资格和地位，习仲勋与薄波两人不相伯仲，习早年与刘志丹、高岗一起组织陕北根据地武装斗争，六十年代受康生制造的「小说反党案」的诬陷而饱受摧残。薄一波在延安整风期间长袖善舞，博得毛泽东的长期器重，但在文革中作为「六十一人叛徒集团」之首恶，又被毛泽东和四人帮无情打击。

毛泽东死后，胡耀邦力排众议为「六十一人叛徒集团」翻案，薄一波受惠「崛起」后，再次善舞长袖，成为邓小平特派的「行走」，在中共高层有「一人之下」的嚣张。日后在邓小平、陈云整肃胡耀邦的「生活会」上竟领头发动突然袭击，从而成为中共这一重大历史败端中作始俑，因此得了忘恩负义的恶名，叫他晚年几乎抬不起头来。反之，习仲勋与胡耀邦肝胆相照，在那次「生活会」上拍案而起，痛斥薄一波，死后留下了清名。

薄熙来和习近平都得了「父荫」，但习近平的「储君」位置，比薄熙来的「封疆」职务更为显赫。舆论认为这与江泽民的提携有关。然而，众多高干子弟唯习近平受江泽民的此般器重，可能源自江对习仲勋的好感，当然也是江对胡耀邦开明路线的间接认同。对于中共的历史和个人，乃至对国际共产主义运动的「大是大非」，政治辅导员胡锦涛的认识是远远不及江泽民的。

但是，习近平去年在墨西哥说西方社会批评中共是「吃饱了没事干」，一语笑翻了海外舆论的肚皮。反之，薄熙来有乃父好事之风，他「打黑唱红」未必是要扶助工农，也未必是要拥护毛泽东，那是凝聚人气挑战中共指定继承人的传统制度，他是要「当仁不让」地改变习近平、李克强主持中央工作的未来格局。

如今「胡锦涛时代」很快就要结束了。事实证明，邓小平隔代指定的「第四代领袖」胡锦涛既没有智慧，也没有激情，他对「稳定压倒一切」的理解，不仅是不变革、不作为，而且还是倒行逆施，乃至还要学习北朝鲜金正日，连许多中共人士都已经看清楚了，胡锦涛已经把中共的机会浪费一尽，他留给中共的遗产只能是「全面腐败」。

中共「指定继承人」是为制造「人亡政不息」局面。以当前各类隐患都已突破临界，「稳定」随时可能崩溃的局面，中共亟需变革，而且首先必须改变指定继承人的制度。事实上，在指定继承人的历史实践上，不仅毛泽东失败了，邓小平也指错了，难道还能让一个庸人来指定一个更平庸的继承集团吗？薄熙来挑战过时的规则是时代的必然，是形势的需要，也是中共变革的第一步。这一步走得通，是「变则通」，否则「自作孽不可活」。

看来，习近平行事比较平稳，一般人认为薄熙来锋芒中有「贼心」，行事中有「贼胆」，知道中共历史的人还对薄一波的往事耿耿于怀。我想，父辈们的行为不应该决定儿子们的未来，一切还须看薄熙来习近平们自己的表现。中国不缺时势，但缺变数，有胆识的人才能推动时势，这是我们对中共择人的期待了。

二〇一〇年四月六日

中国北方诸族研究始末

中国北方诸族对人类历史进程的影响是巨大的。极端恶劣的生存环境玉成了他们坚韧不拔的意志、卓越的军事才能和杰出的统治艺术。对东西方文明社会持续数千年的激烈撞击，使他们的活动成为世界历史中最精彩和诱人的部分；而中国则承担了记载他们的史迹的最重要的责任。在过去的六、七年中，我着手了北方民族的语言信息的解析，以及他们与东西方民族血缘关联的研究，即：寻找他们的「源」，和辨析他们的「流」。

人类之初是从事游牧和渔猎活动的，中国北方诸族的祖先都是从中原出走的游牧和渔猎部落。它们在草原地带获得了巨大的迁徙能力；所谓「西戎」是直接出自中原，或是由「东夷」、「北狄」转徙而成的。东夷、北狄、西戎与中原民族的同源关系，正是今世通古斯、蒙古、突厥语的成份在汉语中举足轻重的原因。

然而，北方诸族的许多征伐活动都被移接到其他人种名下去了。纪元前出现在东欧和近东的 Cimmerian、Scythian、Sarmatae 人，都被《大英百科全书》说成是伊朗人种的游牧部落；那些出自河西走廊的月氏和乌孙民族也被指认为印欧人种。我则以语言线索为这些人类集团寻到了源头：它们也是史前期出自中原的戎狄民族。

所谓「民族」，实有「血族」和「语族」之分。远古时部落隔绝、人口稀少和近亲遗传，使人类的体征和语言发生分离。上古语言往往是在血缘集团内发育完备的，那时血族和语族是一致的。到人类生产和迁徙能力增强时，血缘开始在较大范围内交叉，远缘繁殖又使人类体质和智力发生飞跃。而在「强势部落」和「强势语言」的影响下，一些大规模的民族，实为语族开始形成，血族的概念则渐渐淡漠。例如汉族就是一个语族，其血缘则早已无法辨析。概言之，人类之初是处于离析的状态，而近世则处在融合的趋势中。

今天基因科学如此进步，人类生理、病理和遗传等艰深问题的解决，都指日可待；而人类对自身由来的认识，却遥遥无期。近一万年人类的活动只是它的历史的最后几页，而我们对它的理解则是千头万绪。从生命科学的成果来看，不同人类种属间的基因区别极其微小，而且这种微弱差异又被人类融合的过程稀释到难以察觉的程度。因此，那些包括传说在内的历史记载，必然包含了解决上述课题的语言线索；人文科学在自然科学的强势进展面前，仍然保有不可与缺的一席之地。

涉及人类学和语言学的北方诸族研究，是西学东渐后才在中国展开的。然而，外人治中国史有条件的限制，中国人理自家史又有传统的束缚。双方虽然有不少成果，总体却不如人意。尽管如此，法人伯希和，俄人巴托尔德，日人白鸟库吉等，以及国人洪钧、屠寄、王国维、陈垣、陈寅恪、岑仲勉等，都有专精的见解和着述。

我自幼对这些问题有着浓厚的兴趣，然而脑子里也只是一片混沌，而且从来没有解决这些问题的打算。是一次偶然的机会，将我引上了这项研究的不归之路。一九九六年夏天，为识得一个蒙古字之读音，打电话给蒙古国驻华盛顿大使馆求教，商务参赞纳兰胡（意为「太阳之子」）先生竟与我闲聊了两个多钟头。纳兰胡之父是驻节原苏联的外交官，因此他长在俄罗斯，受业于莫斯科大学，英俄两语俱佳；其岳父又是鲜卑史专家，耳濡目染，对于史学亦颇有见解。他告诉我匈牙利语与蒙古语很接近，还说匈牙利国内年轻的一代，正在与传统势力斗争，认为他们的祖先是来自蒙古的。

纳兰胡寄来一九九五年二月六日《华盛顿邮报》一篇题为Hungry of Their Roots的文章，说的是匈牙利的寻根热潮。Hungary（匈牙利）与Hungry（饥渴）仅一字之差，该标题实际是英文文字游戏。这篇〈饥渴〉文章说：

> 在共产主义的年代里，苏联学者支持匈牙利和芬兰民族是源自于苏联境内的乌拉尔山地区，因为这个假设或多或少有利于将匈牙利套在苏联的轨道上。但是，新的研究已经开始质疑这个假设，匈牙利人正在朝更远的东方去寻找他们的文化之源。

这篇文章引起了我的好奇。公道地说，前苏联学者的纯学术态度是高尚的。匈牙利和芬兰民族发源于乌拉尔山的理论，是源于西欧学者的早期研究，后来才为芬兰学者认同，目前则为一些匈牙利和西方学者坚持。对于这个学术观点，前苏联学者也没有表现出更高的热情。

比如，美国印第安那大学匈裔犹太人学者Denis Sinor很早移居西方，但他是上述观点的「权威」支持者之一。布达佩斯罗兰大学Gy. Kara教授，以及《大英百科全书》也都在鼓吹这种理论。如果说这都是为前苏联的政治服务，显然是荒谬的。客观一点说，《邮报》是用「戴红帽子」方法，为匈牙利的一代新人，发他们对行将逝去的一代学术专制的怨忿。

〈饥渴〉一文描绘了一群匈牙利大学生，学习的「中亚学」的热潮，和罗兰大学里的藏语和蒙语课堂爆满的情景。这篇报导表现美国大报记者善于速成的聪明才智，它不失精确地介绍了Magyar（马扎尔，即匈牙利）人从东方闯进喀尔巴阡盆地的那段已知历史，以及关于Magyar人未知祖源的种种说法。它说：

一九八六年，中国政府允许匈牙利学者回到乌鲁木齐以东三十英里处的墓地从事进行研究。……匈牙利学者在那里发掘了一千二百座墓葬，他们这些发现出土的文物与九至十世纪间的匈牙利墓葬物相似，墓中陪葬武器的排列，掩埋的方式，以及文字书写的形式均相一致。着名的匈牙利民族学者基斯利说：「这些地方竟埋藏了人们从未领略过的秘密。」

在离墓地不远的地方（按：实际是在甘肃省），基斯利和其他学者们碰到了一个人数很少的，在中国被称为「裕固」的民族，它与新疆地区也使用突厥语的维吾尔族有所不同。科学家们发现，这个人数仅九千人的的裕固族的七十三首民歌，都是五音阶的；

那些被世界着名作曲家巴托克普及了的匈牙利民歌也都是用五音阶作成的。（按：这个结果是中国音乐学家杜亚雄教授首先发现的）

基斯利说：「我们找到了最后一个会唱这些民歌的妇女，她唱得就象和我们匈牙利人一模一样」。基斯利还说，裕固族在若干个世纪以前就皈依了伊斯兰教，却依然保存了萨满教的巫医治病的传统。他们所用的念咒语的方式，在十一世纪以前尚未接受基督教的匈牙利也很普遍。基斯利说：「我们认为我们已经寻到了自己的根，但是我们必须回来反复的确证它」。基斯利说，他认为古匈牙利人不迟于五世纪才离开新疆地区，以后则一路走走停停，经过了几个世纪，中途又融入了古芬兰人，演变了他们原先的语言，最后才到达他们今天欧洲的家。

文章还说：

一个名叫尤迪特・色楞格的专修蒙古语的女生，几年前去蒙古，她感到两种人民间有无形的联系。她在乌蓝巴托结识了她后来的丈夫，他们一起回到布达佩斯，都在该大学里做研究。她说：「我知道匈牙利人不是欧洲人，我们有许多与亚洲人共同的东西，特别是与蒙古人。」

Magyar人的先祖肯定是从东方迁移来的民族集团。如果他们还是一副亚洲人的样子，问题可能会变得索然无味。也正是因为他们的那种「西方人」的外形，和「东方人」的内涵，及曾经游牧于欧亚草原的无可奉告的历史，使得假设可以更为大胆，而求证则必须甚为小心。然而，除去科学性以外，还往往牵涉人们的感情；蓝色的多瑙河畔的人们，是否会苦思：难道我们会是来自苦旱的蒙古高原的吗？难道我们的祖先是那些高颧塌鼻的蒙古人吗？

〈饥渴〉说基斯利教授认为裕固族可能与他们同根；色楞格女士却更认同蒙古人。裕固族是回纥的后代，他们是在纪元八四〇年后才从蒙古高原中部迁徙到甘肃地区的；而今天的蒙古民族是在十三世纪以成吉思汗的蒙古部为核心融合成的。匈牙利人在九世纪末进入中欧前，还曾在草原上游荡了几百年。如果回纥是其祖，他们应出自蒙古高原；如果蒙古是其宗，他们则应来自呼伦贝尔大兴安岭地方。

经此番启迪，我兴致大发。只用了几个月的时间，就比较完了半本《英匈字典》和《英蒙字典》，轻而易举地发现了数百个完全相同的对应辞汇，当时我几乎已经认定匈牙利人与蒙古民族同源，并准备要写一篇论文了。然而又一偶然事件改变了我的思路和结论。

一九九六年感恩节，我去洛杉矶省亲，在一家中国书店掘得一部《金史》。该书最后一篇〈国语解〉罗列了七十七个女真辞汇，经过几个星期的揣摩，竟发现女真语比蒙古语还更接近匈牙利语。我开始意识到匈牙利族名Magyar（马扎尔）就是女真满族的祖名「靺鞨」（亦作「靺羯」），他们与满族是同源的。以后又发现了支援这个结论的大量语言证据，一九九七年夏，终于作就了平生第一篇史学论文〈Magyar人的远东祖源〉。

文章写成后，先寄给史学家唐德刚先生，德刚先生文章闻名天下，年过八旬而又谐趣风生。据唐夫人说，他接到文章一口气就读完了。唐先生在电话里，用极重的合肥话与我长谈，他说：「你的文章是一篇绝好博士论文」，他说自己也曾有过Magyar即「靺鞨」的想法，可惜没有深入下去。

受此鼓励，把文章寄给中国国内杂志，却遭遇了重重的困难。非议如「不合体例」，或「未曾听说」，或「某字拼法有误」，或「匈牙利会有什么反映」，或「洋人有如何看法」云云；怕见笑于世界，受讥于学界。总之，无自信乃我民族之劣质也。所幸，中国社会科学院历史研究所中亚问题专家余太山教授，不仅予我许多鼓励，还竭力四方推荐。他的热情和真挚，令人感佩。

老朋友赵忠贤教授（物理学家，中国科学院院士）得悉我的文章得不到发表，颇为叹惜地说到他的一位研究生发现了一个经验公式，只需有几个资料，便可确定某种物质是否可能有高温超导性，在有所舍取后再行实验，既省钱又省事。该生投稿《中国科学》，竟因「理论不完善」被拒。他转投美国《应用物理》，却立即被录用。现在这个公式已被各国同行广泛使用。由此可见，中国之学术还在「但求无过」的困境中徘徊。

民族研究所所长郝时远教授主编的《世界民族》杂志，于一九九八年第二期刊登了这篇长文。后来《文史》、《欧亚学刊》、《西北民族研究》、《满语研究》刊出了若干后续文章。

一九九九年，韩国、芬兰、土耳其学者主编的《国际中亚研究》（International Journal of Central Asian Studies）全文发表了它的英文稿。二〇〇一年在布达佩斯讲演引起了匈牙利学界的高度重视；是年底该国TURAN杂志又将它译成匈牙利语全文刊出。显然，任何学术成果的认识和传播，都是要消磨时间和耐心的。

中国敦煌吐鲁番学会秘书长、中华书局汉学编辑室主任柴剑虹教授，很早就与我约稿成书。但线索一旦展开，潮思如涌，很不容易收敛；有的文章杀青了，又言犹未尽。拖了很久才决心打住，给自己留了一条出路。二〇〇二年五月拙着《中国北方诸族的源流》以《世界汉学论丛》之一部面世了。

同年六月一日，我去纽约参加司马璐先生召集的「胡适之讨论会」，结识了主讲人周策纵教授。策纵先生是德刚先生的挚友，第二天我们同车往访四月间中风，脑部受损的德刚先生，开门时他竟问周先生：「你找哪一位？」这钩起我心中一番酸楚。毕竟一代文豪睿智犹存，入座后就记忆恢复，妙语连珠了，谈的都是名人昔事，唐夫人吴昭文女士说交谈有助病人康复。回来的路上我把书稿给了周先生，他一路就读了起来。我说准备出一本「繁体本」，希望他能写一篇序言，他说「文债」太多，不知有无时间，回去再细读一遍。可这一「细读」，就耗去了周先生四个多月的时间，他不仅把书中的错字别字，文句缺失，注释编理的问题一一找了出来，还「刁难」了我许多问题。

是年十月间，八六高龄而虚怀若谷的周策纵先生，才一丝不苟地将〈原族《中国北方诸族的源流》序〉作就了。文中将突厥民族「以箭汇族」的部落结构，和满洲以「牛录」（满语之「箭」）为元胞的「八旗」组织，与甲骨文的「族」字是「旗下集矢」的现象融会贯通，指出北方诸族的确是从中原出走的。学术大师的这种集文字学、历史学、民族学的高瞻远瞩，自是我辈灵感与学力之所不及的了。二〇〇三年，北京《读书》杂志和台北台湾《历史月刊》分别刊登了他的这篇文章。

中国传统学术和西方学术间的区别在于目标之差异。几千年来，中国读书人都是以训练背诵和注释经典的能力，来达到做官行政的终极目标；结果往往是学贯满盈，而见地不足。然则，西方学者却能大胆假设，虽时有疏于求证的结论，而探新的优势倒在他们的手中。就北方诸族研究而言，中国史料有必须被征引的机会，而中国学者之说却难有登堂之誉。面对西人的大胆宏论，国人只有求证的本份。

中国传统学术的弊端，可从古代学者颜师古和胡三省的名字看出端倪，「师古」有杜绝创新之意；「三省」有主观唯心之嫌。这种传统决定了中华文明有前期的灿烂，继而有后期的守拙。近百年来，在西方学术进取优势面前，我国学者缺乏自信；精通西学方法者少，而迷信西学结论者多。历史、语言、人类学的研究，则在「传统的」和「别人的」双重游戏规则中，纠缠于咀嚼式的考据。那些本该由自己作出判断的重大课题，却都谦让给别人去说了。

比如，由于汉字系统非表音的性征，使「语言学」和「文字学」的分野在中国长期未能界定。西方科学方法入传以后，这一问题仍未理顺。瑞典学者高本汉构拟的汉语「上古音」又夸大了汉语语音的变化。然而，这些尚待检验的假设又成枷锁，使我国学界对汉语语音的延续性愈具疑虑，对上古文字语音记载，或怀疑一切，或避之犹恐不及。通过语音信息对上古历史的研究领域，竟而被误导到几乎完全「失声」的状态。

就历史科学来说，繁琐考据的时代应该结束了。前人没有留下更完备的史料，也是「历史」的一部分。这个无法抱怨的现实，为我们留下的是一片施展思辨、想像和洞察的广阔空间；而「过去」既没有必要，也没有可能去精确地重现了。历史科学应该去解析现成的史料，发现新证据，调用新方法，来重构一个较合理的模型，去逼近人类社会的各个真实过程。

这次，台湾《历史月刊》社长东年先生，又命我写几篇文章，准备出一期关于中国北方民族研究的专辑。我首先以这篇〈中国北方诸族研究始末〉来介绍本人学术研究之乐趣，并表达对前辈周策纵先生、唐德刚先生和台湾《历史月刊》编辑部的敬仰和谢意。

原载台湾《历史月刊》二〇〇三年六月号

二〇〇六年三月三日修改

炎黄的子孙是戎狄的兄弟

——「犬鹿说」讨论会上的书面发言

芒牧林教授的亚洲民族起源的「犬鹿说」是应用比较语言的一个探索。我在拙着《中国北方诸族的源流》中提出，北方诸族是从中原出走的想法与芒先生的说法有些差异，但「中华民族同源」的结论却完全一致。

事实上，不仅蒙古人种是同源的，世界人类也是同源的，他们在向全球各地迁徙时，离析成了不同的种族。近四、五千年来，人类发展主流是「融合」；但在数以十万年计的远古，主流却是「分离」。那时孤立族群的人数很少，反复的近亲乃至直系亲属间的繁育行为，造成了不同群体间的体征差别。兼之于自然竞择，体质和智能上的弱势群体被淘汰，于是形成了若干不同的强势「人种」。

今天，世界上不同种族间是没有生育壁垒的。这说明尽管人类的体征、肤色和面目都发生了区别性的变化，但他们的遗传基因却几乎是完全等同的。这个现象当然只能用「同源说」才能解释，人类都是源自「非洲智人」的学说，就是诠释这个现象的理论。几年前，我访问过民族研究所，发现许多学者对此还有疑虑，似乎支持「多源说」的不很少，赞同「同源说」的不很多。用开玩笑的话说，在中国学术界「周口店人」与「非洲智人」还在打架。

芒牧林教授提出的「中华民族同源」，大约是一两万年前发生于亚洲东部的事情。因此，它未必需要十数万年前「人类源自非洲」的支撑。尽管，我认同世界人类都是从非洲走出来的，芒牧林教授认为亚洲人类祖先是独立发源于东北亚的；但关于十万年前的远古争议，大可不必影响我们的祖先在一两万年前是同源的共同立场。

任何「同源说」都是有人要反对的。白人至上主义者反对「非洲智人说」是在所不惜的，大汉族主义者也不会认同自己与「戎狄」是同源的。当然，成吉思汗的后裔「黄金家族」未必认同在黄土地上挖泥巴的农业民族。人类群体的「自我感」和「优越感」无处不在，这是障碍真理认识的主观原因。

现代基因科学出现前，研究人类源流的主要工具是「比较体质人类学」和「比较语言人类学」，两者相辅相成，成果相得益彰。例如，体质相近的「印欧人种」，被证明他们的语言也是同源的。一年多前，《纽约时报》报导，西方比较语言学家和分子生物学家在某个人类学研究上得出相同的结论，荣誉究竟应该归谁呢？这至少说明，基因科学证明的结论，往往是比较语言学家曾经预言的。

比较语言学的手段在西方常用，成就斐然，但在中国却是久久不敢尝试的；中国人少用了一个方法，自然也就吃了一个大亏。西方语言学进入中国后情况开始变化，其标帜性事件是瑞典汉学家高本汉（Karlgren 1889-1978）研究古汉语的方法性贡献，赵元任、李方桂、罗常培共同翻译、注释和补订了高本汉的《中国音韵学研究》影响极大，是方法上开始现代化的汉语「语音学」或「音韵学」。

高本汉、赵元任、李方桂、罗常培、张琨等最重要的结论是：发现了汉语与藏缅语之间的关联。他们做了许多基于「中古音」的反推，或「诗经韵」的归纳，以及与广州、客家、福州等方言的比较，乃至对日译吴音、日译汉音、朝鲜借词、越南借词的语音调查。他们从传统训诂学的「循环音训」跳出来，开始了将中原汉语与异方言和异语言进行「外向比较」，这些都是了不得的成就和学问。

王力的《同源字典》是一部简明而受重视的语源学研究成果，它包含了清代文字学（干嘉小学）和现代汉语语音学的成就。但是，他构拟的古音不少是「阳声」或「收声」音，随便举两个例子：「厉」作 liat，「制」作 tjiat，读起来很像广东话。广东话与藏缅语的确有许多接近的特征，因此前辈们很重视用广东方言与中原汉语作比较，他们构拟出来的「汉语上古音」也就带广东腔。他的研究是重要的，但不少猜测（或假设）未必是百分之百正确的终极结论。

不带偏见地去认识中原古族的血缘和语言，认识它们融合和变迁过程，是寻找汉语语源的基本。然而，大师们把「三面七方」的语言或方言都找到了，唯独对「北方」毫无注意。汉语是由中原古代语言转化来的，但是中原古代语言是什么语言呢？至少，他们不认为是与北方民族使用的突厥、蒙古、女真诸语有关的。所以，他们的方法虽然是对的，但其构拟的「上古音」是有严重的方向性缺失的。

汉语与北方民族语言之间的关连证据是丰富的。如「水」和「土」与突厥语su和toprak相关；「天」和「气」与蒙古语tengri和hi相关；「岭」和「雨」则源自女真语alin和huur的。因此，「水、土、天、气、岭、雨」等汉语基本词汇的原发读音与现代汉语没有重大差别。山岭的「岭」字是满语alin的缩音是「有书为证」的。《史记・吴太伯世家》就有「吴王不听（伍子胥的话），遂北伐齐，败齐师于艾陵」的记载；而《金史・国语解》则说「阿邻，山」。齐国是上古东夷地方，其地名「艾陵」正是女真语「阿邻」，上古东夷语言可能就是一种女真语方言。

toprak、tengri、alin缩并为「土、天、岭」，就是多音节的阿尔泰语词汇朝单音节的汉语转型的范例。这个转型期至少经历了夏、商、周三代，甚至上万年；可以判定在象形文字创立时，汉语基本形态一定已经稳定了；如果那时中原地区仍然使用多音节语言的话，中国文字会走拼音文字道路的。

以现代语言分类来看，上古中原居民的主体是使用突厥、蒙古、女真语的；而使用藏缅语的南蛮部落也不断进入黄河流域，其简单名了的藏缅式语言不断取胜而形成了「汉语／雅言」。那些出走北方的部落保留使用突厥、蒙古、女真语，而更多的弱小部落语言被兼并或湮灭了。中国第一部字典《尔雅》是一项「抢救中原濒危语言」的工作，它把这些原始语言的某些语词纪录下来了，但往往只用汉子记了一个音节，还不难洞察其中大量与突厥、蒙古、女真语有关。

古代中原「阿尔泰诸语」曾占优势是有根据的。「夏历」是夏代或夏部落制订的，夏部落曾是中原部落的盟首。夏历十二生肖的「申酉戌亥」四字中的「申」和「亥」二字，就是蒙古语的「猴／samz」和「猪／gehai」；因此，发明夏历的夏部落最可能是说蒙古语的。《史记正义》和《史记索隐》又注释「舜」的母亲之名是「握登」（《史记》第三十二页），其恰为蒙古语「夫人／合敦」，再次证明这一事实。

再来看商部落的人名，宋国国君是商纣王的后代，宋国亡国之君叫「头曼」，与匈奴单于「头曼」同名。「头曼／tuman」是女真语的数词「万」，汉语的「万／man」是tuman的缩音。Tuman也是部落名，俄罗斯境内有个共和国叫「图曼」，过去也译作「土文」。族名常转化成姓氏、人名、称号或地名，匈牙利有Tuman氏；突厥人有「土们可汗」，中朝边界有「图们江」。商部落与北方民族的同源的证据还不胜枚举，顾颉刚先生早就说它是「鸟夷」，事实上它是一个崇奉「鸟图腾」的通古斯部落。

周部落的情况也一样，它的许多统治人物都有着蒙古或女真人名。例如，「纳兰胡／Naranhuu」是非常普通的蒙古人名，意为「太阳之子」。《史记·周本纪》里的谏臣「芮良夫」即是「纳兰胡」。又如，武王伐纣时的「师尚父」，劝阻穆王伐犬戎的谏臣「谋父」；人名「师尚」就是「息慎」，「谋父」即是「靺鞨」，它们都是女真族名转化来的人名。今天，蒙古族叫「木合」的人还很多。

秦部落是戎狄是很明显的事实，陈梦家说秦部落也是鸟图腾部落。秦始皇「嬴政」和雍正皇帝「胤禛」，只是同音不同字而已；它们就是女真蒙古人名「按春／按陈」的癖写，都是「金」的意思。又如，商鞅改革秦国政事很有成就，被封为「大良造」。蒙古语「大海／далай／далайн」，далай常译「达赖」，далайн就是「大良」，商鞅是被封作地位很高的「大海官」的。

因此夏、商、周、秦四代统治部落的语言，统统与北方民族语言有关；有如此证据确凿，「炎黄的子孙」还能不是「戎狄的兄弟」吗？

汉字系统是为中原「官话／雅言」设计的，其为「象形文字」实为「图形文字」，其目的在于「表义」，因此可为任何语言使用，但广东、湖南、福建，乃至日本、朝鲜、越南……对每个汉字都可以有自己的「训读」。高本汉、赵元任、李方桂、王力等人采用外方音训来研究「汉字古代读音」，但是这种比较应该是全方位的。然而，他们对广东话的特殊偏爱，和对北方民族语言的完全漠视，使一些人产生古代中原汉语更接近广东话的谬见。芒牧林教授举证某些汉语辞汇的蒙古语源头，是「纠」了这个「偏」。

二十世纪来，中国文史研究的进步可以归纳为三方面。首先，甲骨文献的发现，改变了一部分传统的学术方法，以王国维为代表走出了「以书证书」的死套，以识别甲骨文开始了「以物证书」的方法；而顾颉刚又启动了现代「疑古论」，为考古学和考据学提供了刺激性的动力。王国维和顾颉刚是立足于解决中国特殊问题，思想新颖的两位伟大学者；当然传统文字学对他们研究也是有很大帮助的。

其次，马克思主义的阶级斗争历史动力学，和社会发展的阶段说，在郭沫若、翦伯赞、侯外庐、吕振羽等人引介下进入中国，令国人大开眼界，从此中国史学有了研究社会发展的大纲。而且马克思主义经典作家除了对阶级斗争有认识，对人类的起源、语言和民族问题，也多有生动的论述。但是，教条主义的对号入座的方法，和只有「必然性」没有「偶然性」的结论，使它失去了活力。

第三，留美的胡适还提出了「大胆假设，小心求证」。然而，这面面俱到的「方法论」式的口号，并没有对中国学术起了实际的帮助。因为传统学术的考据，本来就非常小心，甚至非常烦琐；乃至反对新事物的人，总可以说别人走老路走得还不够小心。当然，胡适也不可能告诉我们：线索在哪里？方法是什么？学术就是探索，就是求新；每个人的路都要自己去走，没有现成的通向学术殿堂的道路。

「中华民族同源说」是一个大胆假设，而且又有求证的比较语言研究，结论可能会有所调整，但格局是大的，方法是有效的。他已经走出了一条有别于「以物证书」，更有别于「以书证书」，却「以比较语言求证人类同源」的道路。希望芒牧林教授的学说最终还能被基因科学证明。

二〇〇五年一月三十日

中华书局张进女士宣读

为中国史学的实证化而努力

我研究北方民族只有十年功夫，之于毕生从事某一课题的专家来说，十年只是乐在其中的瞬间。然而，大陆版的《中国北方诸族源流》和台湾版的《秦始皇是说蒙古话的女真人》在海峡两岸冷寂的学术类书籍市场中都得到了热情回报，这对于涉史不深的我来说，自然是非常鼓舞的；而对于通篇的离经叛道，读者产生分裂的意见也是不奇怪的。

批评意见主要是关于我的方法，即利用比较语言来达成对亚洲人类迁徙的认识。这种批评的根据可以总结为：汉语是用图形构造的汉字记载的，它们是表义不表音的，每一个汉字在各个时代的读音也未必是一致的，因此用汉字记载的语音资料，如人名、地名、族名，都必须逐字逐代地辨认其读音。而这样的工作已经为古代训诂家和西方汉学家完成了。

一位语言学者建议我常备一本高本汉（Bernhard Karlgren）的《汉文典》（Grammata Serica Recensa），他说：「大多数汉字的上古和中古读音及其转换规则都可以在里面查出来。对这些读音的理解不是靠现代方言能够取代的。历史语言学就像文科里面的理科，自有其严格的科研规范，音转规则就像数学公式，其间并没有给我们留下多少想像的空间。」言外之意是：关于一切汉字读音的「正确」结论已由前人制造完毕；而我们的任何努力都只能是产生「谬误」了。

事实上，这不是什么「科学规范」而是一种「文化意识」，科学是要打破思想的禁锢，而这种意识却是要固化人们的思想，因此它一定是科学的敌人，不幸它又是中国文化的传统。在二十世纪中国学术也发生过一些变化，但其主流是从「迷古」转为「崇洋」。如果后者是采用西学方法也好，不幸的又是大部分人只是接受的西方人的个别结论；而一旦接受了它们，又企图把它们固化起来。

上一世纪，由于比较语言学方法的应用，「汉藏语系」理论很有斩获。高本汉、王力等对汉字古代读音的研究，或对汉字上古音、中古音的「构拟」，是将中古韵书作了拉丁化注音和有限程度的反推，其中还有若干主观的和不妥的成份。譬如，认识汉语与藏缅语的关系后，人们还开始注意到粤语比官话更接近藏语（如「九」的读音），于是他们的「构拟」便朝广东话倾斜，近年还有古代洛阳话更接近现代广东话的说法。事实相反，《尚书》《诗经》中的蒙古语成份表明，中原曾经是阿尔泰语言的天下。

推行实证的手段，之于中国学术非常重要。譬如，匈奴首领的称号「单于」俗读chan-yu已久，我认为它应直读为dar-ghu即与中原王侯之号「大禹／大父／唐尧／亶父」同音，而《汉文典》和《同源字典》也都说「单」字的古音是tan（实为dan）；《汉文典》还给出「单」字的七个出处：

《诗》俾尔单厚；

《礼》岁既单矣，世妇卒嚣；
《书》乃单文祖德；
《左》单毙其死；
《礼》鬼神之祭单席；
《诗》其军三单；
《书》明清于单辞。

其实，这些出处都是「单」的「字源」而非「音源」，它们无一能成为「单」字读chan而不读da／dan的根据。

对于「单」的读音可有两个非汉语的证据。其一，《汉书・匈奴传》说「单于广大之貌也」，蒙古语是匈奴语最重要的成份，蒙古语「广阔」一字是del-ger，因此「单」的声部应是d而非ch。其二，《三国志・魏书・东夷传》说「沃沮……在单单大领之东」，「大领」就是《金史・国语解》说的「忒邻，海也」，「单单大领」就是「鞑靼海」（今日本海），这是「单」读da的又一证据。

西人高本汉和国人王力的工作是重要的，乃至可能是伟大的，但远非是完备的，后人还是有补充和改良的空间的。譬如，高本汉意识到《诗经》《尚书》不是最古的汉字字源，因此他还在《汉文典》中尽力列举了许多甲骨文字。然而只把它们当做「意符」，是不能解决汉字字音问题的。本书前言说到：

> 甲骨之「帚」字是「妇」，早已被郭沫若破解；但甲骨氏族名帚好、帚妻、帚妹、帚妊、帚白、帚娕中的「帚」是音符，还是意符？始终没有正确的理解；如果我们能有语音实证的自觉意识，它们不是「回纥」、「兀者」、「乌马」、「斛律」、「悦般」、「恶来」，又是什么呢？

而司马迁还遇到过更古老的语言或文字，他在〈五帝本纪〉结尾时说：

> 太史公曰：学者多称五帝，尚（上古）矣。然《尚书》独载尧以来。而《百家》言黄帝，其文不雅驯（训），荐绅先生难言之。

我以为「雅言」或「雅驯」是指后来形成的汉语或官话，而记载黄帝事迹的《百家》是「前汉语」或「非汉语」时代的着作，它最可能是用汉字记载的非汉语的故事，那种上古中原的语言应该是后世北方民族的语言。

上世纪甲骨文字的成功解读，中国史学的实证化有了长足的进步。而顾颉刚、傅斯年等人在揭示商族是「鸟夷」的同时，也认识到商族与东北「鸟图腾」民族的关联，从而把东方历史人类学推进到几乎破局的边缘，然而他们未能竟功。其中一个表面的原因是，他们未能进入现代比较语言学的实证领域；而更本质的原因则是，他们没有意识到中原地区曾经有过一个漫长的「戎狄时代」。

顾颉刚是二十世纪有大胆思想的先进人物，但他依然是因循着传统观念来校点《史记》的。以〈秦本纪〉的「[武公]十年，伐邽、冀戎，初县之。十一年，初县杜、郑。灭小虢」为例，「邽」「冀」既为戎狄，为什么就不能是双音节族名「邽冀」，而非要将它们断成两个单音节族名呢？而这样的中断点远非只此一例。

《后汉书・西羌传》又有「渭首有狄、獂、邽、冀之戎」的记载，为什么「邽」「冀」又纠缠在一起呢？依我看「邽冀」就是「女直」，「杜郑」就是「突厥-n」；而「小虢」与传说人名「少昊」相关，或是同传记载的族名「烧何」，或是流徙欧洲的匈牙利姓氏Sáhó（音xia-ho，匈牙利语s读x；sz读s）等。

顾颉刚以「疑古」成名，其实那并非真是「疑史」，大多只是「疑书」而已，即质疑成书的时代或作者的真伪，但这之于愚昧的「敬书」传统，却很有叛逆的意义。「怀疑」是「实证」的动力，而「疑书」也推动了「证史」的热情。今天，史学家李学勤的工作大都是「证史」，顾先生生前很器重这位弟子。然而，一些信奉了「疑古」精神的先生，却以为「证史」是反对「疑古」先圣的大逆不道。

科学是知识的进化系统，即基于一些认识背景和方法，不断达成新的认识，并成为新学科和新手段的生长点。传统学术只求「知」不求「识」，既不清理，也不外延，于是成了一堆垃圾，而那些钻在垃圾里「掏来掏去」，「倒来倒去」或「叨来叨去」的人，就是所谓「朽儒」了。现代出现了几个比较杰出的人才，一些比较像样的成果；立刻就会有一些人将他们捧为「圣贤」，把他们的成果固化起来，从而让学术思想就此再止步五百年。

语言学是人类学的当家学问，然而中国语言学者却大多成了文字学的奴隶，本书是为涉及中国人类源头的史学实证化作的一个努力，我想以一个外国小故事来结束这篇结束语。那是几年前发生的一场小小的「争名夺利」，纽西兰某大学的分子生物学家采用基因手段证明了某些土着部落的血缘关联，而该校的一些语言学家们声称，他们早在许多年前就预言过这个结论。希望有朝一日中国语言学家也能认识到自己的伟大功能。

二〇〇八年一月六日

法国总统「萨科齐」是「少皞氏」

有人拿法国总统尼古拉斯·萨科齐（Nicolas Sarkozy）与拿破仑相比，不仅是因为他们都长得短小，还因为拿破仑来自外岛科西嘉，萨科齐的父亲保罗·萨科齐来自异国匈牙利。我曾经说匈牙利民族的祖先可以追溯到以女真为代表的中国北方民族，以这位法国总统的匈牙利父系家世，可以进一步阐明这个结论。

外祖父是来自希腊的犹太人

萨科齐总统年幼时父母离异，保罗·萨科齐拒绝抚养他的三个儿子，因此孩子们是在外祖父本铎·马拉（Benedict Mallah）的关爱下长大的。本铎·马拉是从土耳其统治下的希腊萨洛尼卡（Thessaloniki 或 Salonica）移民来的犹太青年，远祖则是出自西班牙，他在自由开放的法国习医，娶妻后皈依了法国天主教，后来在巴黎悬壶成名。在纳粹占领法国时，马拉家族有五十七人被杀害。

因此，法国总统萨科齐最多只有四分之一的法国血统，而他的姓氏还表现了鲜明的匈牙利背景；但是每当有人以他的移民背景来质疑他的排外立场，他会毫无闪烁地应对「我是一个法国人」。从文化背景和从政治立场上看，萨科齐是不折不扣的法国人，而我们也只对他的血缘有兴趣，那是与他的政治立场毫无干系的事情。

「蒲察」和「拓特」都是女真姓氏

保罗・萨科齐原名Nagy-Bócsay Sárközy Pál，他姓 Sárközy 名 Pál，前面的 Nagy 是匈牙利语的「大」字；Bócsa 是一个匈牙利姓氏，也就是《金史・百官志》里的女真姓氏「蒲察」。因此他是「大蒲察部落的萨科齐家的保罗」，这种归属表达就象中国人说「北京的张家的小三子」，是东方人从大到小思维习惯。保罗归化成法国人后把自己姓名颠倒成从小到大的 Pál Sárközy de Nagy-Bócsa，他的满洲部落籍贯 de Nagy-Bócsa 就还有了一点 de Gaulle（戴高乐）的高卢味道了。

保罗的母亲叫 Csáfordi Tóth Katalin，她的娘家姓氏 Tóth 是匈牙利头号大姓，也就是《金史・百官志》记载的女真姓氏「拓特」。这个拓特家族出自 Csáfordi 部落，匈牙利文的 cs 读 ch，因此 Csáfor 就是中国历史《魏书》里的鲜卑姓氏「乞伏」，而法国总统的祖母就是「乞伏底部落的拓特家的卡塔琳」。

保罗・萨科齐的祖辈是的「二等贵族」，匈牙利帝制时代贵族等级约占人口的百分之五，他们大多是Magyar各部落的强人后裔，「大蒲察」和「乞伏底」大概就是这些来自远东的部落中的两个。旧时「大蒲察部落的萨科齐家族」在佩斯城东92公里处的Alattyan村有一个庄园，萨科齐选出候任时《纽约时报》记者造访了这个「有两千条灵魂」的村庄，说总统家的根已经被兜底拔掉了（uprooted）。

萨科齐的家世离乱

匈牙利曾经是一个疆域可观的中欧强国，一八六七年开始成为举足轻重的「奥匈二元帝国」的一元，因此也就成为第一次世界大战的元凶，一九一八年战败后帝国崩析，匈牙利和奥地利双双沦为蕞尔小国。二次大战前匈牙利又试图崛起，与希特勒的德国结了盟，结果匈牙利第二军团在斯大林格勒与德军分食败果，二战的结局使匈牙利更加不得翻身，蕞尔小国成了前苏联麾下的一个卫星国。

欧洲多有战乱，萨科齐家族也少有快乐，一九一九年罗马尼亚占领军把萨家庄园的屋舍焚为平地，一九二八年保罗·萨科齐出生在布达佩斯，三十年代萨家变卖了老家的田产，父亲是县城Szolnok的一名民选小吏，一九四五年他们举家逃往德国，当年又返回家乡，不久父亲就死去，卡塔琳妈妈担心儿子被征入匈牙利人民军，还怕他被流放到西伯利亚，于是唆使他出逃西方。

那时从匈牙利去奥地利，大概就象五十年代初去香港一样方便。保罗经过奥地利来到了西德巴登巴登，法国占领军总部就设在这个德法边境的小城里，他在那里参加了法国外籍兵团，立刻就被送到阿尔及利亚去受训，原本他是要去印度支那打仗的，但是一位当军医的匈牙利同胞帮了他的忙，或者为他作了弊，军医让奠边府的包围圈里少了一粒匈牙利炮灰，但为法兰西共和国保全了一位总统的父亲。

保罗・萨科齐在儿子的像前

一九四八年，从外籍军团解役的保罗・萨科齐以平民之身登陆马赛，于次年结识法学院女生安德丽・马拉，两人婚后定居在巴黎，五十年代一家人连生贵子。保罗・萨科齐也是一个精明人，成了画家还经营广告生意；但是他一生连连换妻，总统似乎也有乃父之风。本文不想叙述萨家的这些琐事，花边新闻就此剪段不续，言归正传讨论萨科齐的家世。

锡伯族里有「萨孤氏」

匈牙利姓氏Sárközy按法文或英文可读「萨科齐」，但匈牙利文的s读sh（或中文拼音的x），读来应如「夏科齐」。任何语言里都经常发生s-sh的音转，譬如汉字的「厦」就兼有

「萨／夏」二声，故尔「萨科齐／夏科齐」都是可取的读音。

中国北方民族也有与「萨科齐／夏科齐」相关的姓氏。新疆的锡伯族是清代从东北迁去戍边的，至今许多锡伯族同胞还识满文说满语，新疆人民出版社出版的《锡伯族姓氏考》用满、汉两种文字记载了六百多个包括变写在内的锡伯姓氏，其中第五九七个即是「萨孤氏」（满文是「萨孤・哈拉」），「萨孤」正是「萨科」。但是，为什么Sárközy又比「萨孤」多了一个尾音zy呢？

「蒙古」为何是「萌古子」？

类似的现象是北宋《三朝北盟会编》记载的「萌古子」和「萌骨子」，所谓「三朝」是北宋末年徽宗、钦宗、高宗三个皇帝的时代，《会编》收集的是其间与金国交涉和战的史料，那时蒙古部落正在兴起，中原和蒙古之间隔了一层金国的屏障，北宋关于蒙古的信息大都是从参加和议的金人那里听来的，因此「萌古子」和「萌骨子」就是女真语里的「蒙古」。

北方族名「蒙古／仆骨／回纥／萨孤」中的「古／骨／纥／孤」（音gu／ghu）等字，本来是蒙古原语中的「部落／家族／种族」，汉语承继为「家／国」（音ga／gu）。明白了这一层道理，那么《汉书・西域传》记载的中亚族名「塞种」就是「萨孤」的意译，西方历史记载的古代游牧族名Saka／Σάκαι则是它的音译。

而族名「女直／月氏／月支／白翟／赤狄／萌古子」中的「直／氏／支／翟／狄／子」等字（兼音ji／zi）是上古通古斯语中的「氏族」，后来成为汉语的「氏」（转音si／shi）。既然女真人可赘言「蒙古」为「萌古子」，当然也可以把「萨孤」添为「萨孤子」，那就是匈牙利姓氏Sárközy。

「萨科齐」就是「少皞氏」

匈牙利还有一个小姓Sárhó，它与Sárkö只差h／k间的轻微音变，读音就是《五帝本纪》中的史前中原姓氏「少皞」或人名「少昊」，或《汉书・西羌传》的族名「烧何」（拟音xiaho或xiaoho）。这样一路追踪下去，不难发现匈牙利姓氏Sárközy是根在黄河流域「少皞氏」，它流出了中原就成了「戎狄」，走得最远的今天还当上了法国的总统。

二〇〇九年七月二十三日

本文曾经被近一百个网站转载

被多个电视新闻报导

「官话」发生在哪里？

——兼答广西桂柳话为何是四川话？

学渊老师：我的母语是属于西南官话的广西桂柳话。六十年代我还是一个少年，在武汉可以毫无障碍地与当地人进行交流，就觉得很奇怪。一九九七年，到哈尔滨与一位中医同行交谈，交流也很顺畅。我以为他是用普通话与我交谈的，于是请他讲哈尔滨本地话来听听，他说他讲的就是哈尔滨话。然后我用桂柳话说：「我在祖国的最南方，你在最北方，语言居然这么亲近。」还问他：「你能够听懂吗？」他说「懂啊，没有什么不懂啊。」于是，我就产生了一个问题：哈尔滨与广西相隔遥远，而广东就在广西旁边，但对桂柳话来说，哈尔滨话更亲近，这是什么原因？听说民国初年有人主张用西南官话做「国语」，那不是很不错吗？在这个方面，老师能给鄙人一点指点吗？山野鄙人敬上

答山野鄙人先生

我也是在抗战年间出生于桂林，两三岁时就去了四川，后来在上海长大，当然对桂林就毫

无概念了。一九六六年，我大学毕业分配到四川某县教书，与几位同事和学生趁文革之乱外出串联，途径桂林，听到火车站的大喇叭说「桂林人民广播电台」居然与四川话一模一样；后来还发现武汉话与川东话非常接近，这是我认识「桂柳话」是西南官话之始。

撇开各种小方言，西南官话较北方官话更加统一，现代西南官话的代表是四川话，它与普通话（标准「北方官话」）所有单字声韵（辅音和母音）几乎完全一致，区别仅在「三声」与「四声」的颠倒。因此西南官话不仅与各种北方官话方言互懂，甚至更接近的普通话。在四川工作时我也听说民国初年有人提议以西南官话为国语，那不失是合理的建议；但中国人一般认同华夏文明源于黄河流域，历代国都大都在北方官话区，采取北方官话中最典雅的北京话为国语，或许更合乎历史与情理。

而你的问题的实质是，广东广西素称「两广／两粤」，但广西北部桂柳话非但与粤语不能互懂，反而与贵州、四川的西南官话方言高度一致；隔开一个湘语区与湖北荆楚方言（武汉话为其一种）遥相呼应。这是什么原因造成的呢？

「官话」是世界上不多见的大一统语言，因此它一定是发生于某一地方，而传播至各地的。即如，英语只发生于英伦一岛，却传至美加纽澳，乃至泛及世界。我以为，河南南阳和湖北襄樊接近湘、赣、吴方言区，上古当地的阿尔泰语言受这些稍南的藏缅式语言的影响而发生了「官话」；而属于「北方官话」的豫方言和属于「西南官话」的荆楚方言又是在该地区分化而成的。

其后数千年，两系官话在北方和西南取代了各阿尔泰语种和其他弱小语言，而成为中国的主流语言；而其「一音多义」的特征必须用图形文字表义，由此可以推定：在甲骨文或更早的象形文字发生前，藏缅式的官话（雅言）就已经成型了。

我曾以〈尚书和逸周书中的蒙古语成份〉，〈禹贡中的蒙古语成份〉，〈逸周书王会解中的通古斯女真民族〉等诸篇文章，求证黄河流域的上古人类是后世北方民族的同类，并断言这些上古篇章先以蒙古语流传，被记录下来的是它们的雅言译文。

西南官话诸方言的声韵和声调高度统一，云贵方言应源自四川方言，而四川方言则是荆楚方言延汉水的西向延伸，陕南汉中、安康方言不应来自四川，而应源自湖北。

古文献关于「巴／蜀」先民的血缘和语言的记载不多。但成都附近「三星堆文化」的鸟图腾特征，四川多「氐／姜」等姓氏，现代川北羌族的萨满教习俗等迹象，表明「蜀人」有氐羌或女真的血缘成份，蜀人说西南官话是后来的语言现象。

若干西南少数民族的北方民族血缘，十几年前已为现任复旦大学副校长金力和人类基因学家宿兵等的基因实验证明；而《史记·西南夷列传》又早已为此埋伏了线索。司马迁说云贵先民「夜郎、靡莫、邛都、滇」等部落「此皆魋结」，其中以「夜郎最大」。司马迁又说川西部落：「自冄駹以东北……白马最大，皆氐类也」。

其实，「魋结」是「女直」，「夜郎」是「挹娄-ng」；而东北女真语萨满神歌之「白马／yalu」正是「挹娄」（宋和平《满语萨满神歌译注》，中国社会科学出版社，页二四五）。

因此从音从义都表明西南夷之首「夜郎／白马」都是「把娄」。事实上，今世彝族之名和云南地名「彝良／宜良」都是从「夜郎／把娄」而来。

西南夷的内涵是复杂的，但其主体是以「氐／魋结」为名的女真民族，云贵川三省的彝族，大理白族，迪庆藏族、丽江纳西、茂汶羌族，白马藏族，嘉戎藏族都是西南夷后裔，今天他们大部分已转化为使用西南官话的汉族。

关于西南夷的语言，我曾以《后汉书远夷歌的蒙古语信息》一文，求证岷山以西的「远夷」语言是蒙古语，而其之自称「偻让」实即北方民族之名「柔然」。《元史・地理志四・云南行省》还有元代西南民族的详尽记载，滇池周边「中庆路」部分文字，其中所列的城（部）之名皆耳熟能详的北方民族族名。其云：

> 晋宁州……领二县：呈贡（今昆明呈贡区），西临滇泽之滨，在路之南，州之北，其间相去六十里，有故城（部）曰呈贡，世为些莫强（悉万斤）宗部蛮所居。元宪宗六年，立呈贡千户。至元十二年，割诏营、切龙（叱罗-n）、呈贡（准葛-n）、雌甸（契丹）、塔罗（沓卢）、和罗忽（乌洛侯）六城及乌纳山立呈贡县……昆阳州，在滇池南，僰獹杂夷所居，有城曰巨桥，今为州治。阁罗凤叛唐，令曲旗（女直）蛮居之。段氏兴，隶善阐。元宪宗并罗瑀（陆和）等十二城，立巨桥万户。

其中「曲旗」实为「女直」之别写，今昭通地方汉代设「朱提郡」实即「女直郡」，云南别路地名「曲靖/巨津」更是「女真」无疑。实为「叱罗/契丹/乌洛侯」的部落都是蒙古民族；而「塔罗/沓卢」即匈牙利语Torok意即「突厥人」。因此元代昆明周边仍呈北方诸族并存状态；其语言状态必与上古中原相似，但官话已经开始取代他们的阿尔泰祖语了。

四川南部地区也见证了同样的事实，长江宜宾——泸州段以南的高县、庆符、长宁、兴文、珙县、筠连、叙永、古蔺等县，为云南昭通和贵州毕节、遵义地区三面环绕。对该地《元史・地理志三・四川行省》记曰：

> 叙州（今宜宾）路……古夜郎之境……均为西南羌族……。马湖路（今屏山）……本夜郎国西南蛮种……。至元十七年，本部官得兰纽来见，授以大坝都总管。上罗计长官司，领蛮地罗计、罗星，乃夜郎境，为西南种族……。至元十三年……咎顺引本部夷酋得赖阿当归顺。……下罗计长官司……与叙州长宁军相接，均为西南夷族，至元十三年，咎顺引本部夷酋得颜个诣行枢密院降……四十六囤蛮夷千户所，领豖蛾夷地，在庆符向南抵定川，古夜郎之境。

有趣的是，三位「古夜郎」或「西南种」的酋领「得兰纽」、「得赖阿当」、「得颜个」之号都与蒙古语有关，蒙古语「大海/dalai」可译「达赖/得赖」，n化则为「大良/得兰」。所以「得赖阿当」就是「大海阿当」；「纽」须读「丑」，于是「得兰丑」即秦代官号「大良造」。另一夷酋「得颜个」又与蒙古「达延汗」同号。

昆明和叙泸地区的现代土着居民，已经都是使用西南官话的汉族；但是他们祖先却是以「夜郎」着称的西南夷。叙泸、毕节、遵义地区的古代居民可能是直接渡江南下与北方民族同类的巴蜀先民，因此「夷汉」并无血缘之异同，而仅在于使用官话的先后。

至此，广西「桂柳话」的由来头绪应已清楚，具有北方民族背景的西南夷在接受西南官话以后，这种语言又在某个时代从贵州进入广西桂柳地区。以九百年前四川叙泸地区还是夷地来看，桂柳地区澈底官话化不会远过一千年。

以当今武汉话为代表的荆楚方言至少在四、五千年前就发生了，它无疑是今世西南官话的「上古音」。然而，翻山越岭历尽千秋，它于一千年前才成为云南、贵州和四川南部、广西北部主流语言；现代桂柳话与近只咫尺的广东话不相互懂，却与荆楚和巴蜀方言保持高度一致，这足以表明西南官话在传播过程中保留了稳定的语音状态，其「源头音」与「尾巴音」至今没有重大区别，这就与现代音韵学家们的「古今官话大大不同」的假设大相径庭了。

汉藏缅语系理论是一个伟大的发现，但许多人未能历史地看问题，却以毕生精力去虚构以广东话为基准的「汉语上古音」系统，这些「粤式语音」系统再周到，也可能有若干合理内容和依据，但总的来说只能是瞎猜乱蒙，即便连大片广西话是官话的现象也解释不了。然而，最不可容忍的是：他们自己可以在船上自由刻字，却还不许别人下水求剑。如果我们继续照他们的意志或遗旨办事，中国的语言学、历史学、人类学是绝对没有出路的。

二〇一五年三月二十五日

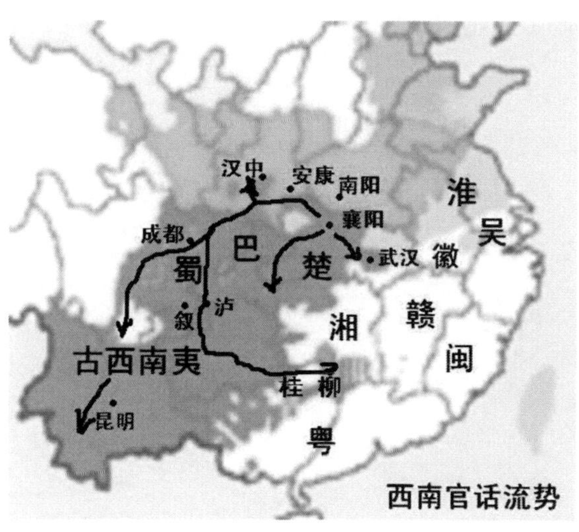

语言文学类　PG2138　秀文学22

时光隧道：
朱学渊散文集

作　　者 / 朱学渊
责任编辑 / 洪仕翰
图文排版 / 周妤静
封面设计 / 杨广榕

发 行 人 / 宋政坤
法律顾问 / 毛国梁　律师
出版发行 / 秀威资讯科技股份有限公司
114台北市内湖区瑞光路76巷65号1楼
电话：+886-2-2796-3638　传真：+886-2-2796-1377
http://www.showwe.com.tw
划拨帐号 / 19563868　户名：秀威资讯科技股份有限公司
读者服务信箱：service@showwe.com.tw
展售门市 / 国家书店（松江门市）
104台北市中山区松江路209号1楼
电话：+886-2-2518-0207　传真：+886-2-2518-0778
网路订购 / 秀威网路书店：https://store.showwe.tw
国家网路书店：https://www.govbooks.com.tw

2018年10月　BOD一版
定价：330元

国家图书馆出版品预行编目

时光隧道：朱学渊散文集 / 朱学渊着. -- 一版.
-- 台北市：秀威资讯科技, 2018.10
面； 公分. -- (语言文学类；PG2138)(秀文学；22)
BOD版
简体字版
ISBN 978-986-326-586-3(平装)

855　　107011297

讀者回函卡

感謝您購買本書，為提升服務品質，請填妥以下資料，將讀者回函卡直接寄回或傳真本公司，收到您的寶貴意見後，我們會收藏記錄及檢討，謝謝！如您需要了解本公司最新出版書目、購書優惠或企劃活動，歡迎您上網查詢或下載相關資料：http:// www.showwe.com.tw

您購買的書名：____________________

出生日期：________年________月________日

學歷：□高中（含）以下　□大專　□研究所（含）以上

職業：□製造業　□金融業　□資訊業　□軍警　□傳播業　□自由業

□服務業　□公務員　□教職　□學生　□家管　□其它_____

購書地點：□網路書店　□實體書店　□書展　□郵購　□贈閱　□其他

您從何得知本書的消息？

□網路書店　□實體書店　□網路搜尋　□電子報　□書訊　□雜誌

□傳播媒體　□親友推薦　□網站推薦　□部落格　□其他__________

您對本書的評價：（請填代號　1.非常滿意　2.滿意　3.尚可　4.再改進）

封面設計____　版面編排____　內容____　文／譯筆____　價格____

讀完書後您覺得：

□很有收穫　□有收穫　□收穫不多　□沒收穫

對我們的建議：____________________

____

____

____

請貼
郵票

11466
台北市內湖區瑞光路 76 巷 65 號 1 樓
秀威資訊科技股份有限公司 收
BOD 數位出版事業部

…………………………………………………………………………

（請沿線對折寄回，謝謝！）

姓　名：________________ 年齡：________ 性別：□女 □男

郵遞區號：□□□□□

地　址：________________________________

聯絡電話：(日) ________________ (夜) ________________

E-mail：________________________________